2 0 1 6
문 예 지
신 인 상
당선 시집

강혜빈 권현지 김건영 김민

김유림 김은지 김정진 류진

2016

문예지

신인상

당선 시집

문희정 배진우 서춘희 신성희

이필 정우신 한연희

서랍의날씨

2016 문예지
신인상 당선 시집을 펴내며

해마다 문예지로 등단하는 새로운 시인들이 늘 궁금했다. 신입생을 맞는 고학년처럼 기대와 호기심 가득한 눈으로 그들의 작품을 들여다보곤 했다. 그들은 참신할 것이고 당돌할 것이다. 아직 거칠고 미숙할지 몰라도 그들이 첫발을 내딛은 시의 길은 우리 시가 아직 가 보지 못한 영토를 향해 있다. 그 영토로 하여 우리 시는 좀 더 새로워지고 풍부해지고 다양해질 것이다. 이러한 기대가 항상 충족되지는 않겠지만, 매번 새로움을 마주해야 하는 것은 시인의 운명이다. 새로운 시인들이 선보일 새로운 언어의 영토에 대한 기대와 호기심은 어쩌면 당연하리라. 새로움 앞에서 우리는 선배도 후배도 아니고 모두 동료이기 때문이다.

한데 독자들은 어떨까. 이 질문으로 인해 《문예지 신인상 당선 시집》을 기획하게 되었다. 《신춘문예 당선 시집》은 있지만 《문예지 신인상 당선 시집》이 없는 상황이 늘 아쉬웠다. 신춘문예 당선작들은 한 번에 볼 수 있는 반면, 문예지 신인상 당선작들을 보려면 그때그때 문예지를 뒤져 가며 일일이 찾아보는 수고로움을 감수해야만 했다. 그러다 보니 놓치는 일도 다반사고, 나중에 발표된 작품을 보고서야 등단작을 다시 찾는 일도 많았다. 시인인 우리도 그럴진대, 웬만한 관심이 아니고서야 독자들이 새로운 시인들의 작품을 만나기란 그리 쉽지 않은 일이었다. 이 책이 새로운 시인들과 독자들 사이를 잇는 하나의 가교가 되면 좋겠다고 생각했다.

문예지를 선정하는 특별한 기준이 있었던 것은 아니다. 우선 독자들이 관심을 기울일 만한 주요 계간지와 월간지를 목록에 올렸다. 시인들은 알지만 독자들이 잘 알지 못하는 문예지도 실은 모두 포함시키고 싶었다. 그러나 지면의 한계 때문에 지난해 등단작을 모두 일독하고 협의하에 문예지를 추가했다. 2016년에 당선작을 내지 않은 문예지나 연락이 되지 않는 신인들은 아쉽게도 제외할 수밖에 없었음을 밝힌다. 책에 실린 순서는 문예지 제명의 가나다순이다.

물론 선정자들의 개인적인 취향이 반영되었음을 부정할 수는 없다. 그럼에도 독자들이 충분히 동의하리라는 생각도 한편 했다. 좋은 시를 보는 기준은 우리나 독자들이나 크게 다르지 않으리라는 믿음이었다. 해서 매해 발간 예정인 이 책의 문예지 목록은 조금씩 달라질 것이다. 사정이 허락한다면 문예지의 수도 점차 늘려 갈 계획이다.

"젊은것들은 언제나 힘이 세다"고 한 선배 시인이 말했다. 아직 젊었던 우리는 그를 존경의 눈으로 바라보았다. 비단 시단에서뿐 이니라 사회에서도 젊은 목소리들이 대접받기를, 그때나 지금이나 꿈꾸고 있다. 이 책은 그런 우리의 바람도 실려 있다.

시 쓰기는 외로운 일이다. 외로움을 기꺼이 감내하면서 아직도 시를 쓰겠다고 우울한 습작기를 보내고 또 등단하는 시인들을 보면 박수를 보내고 싶다. 독자들의 관심과 기대만이 그들의 외로움에 큰 응원이 되리라 생각한다. 응원에 힘입어 그들이 독자들과 함께 꿈꾸기를 멈추지 않는, 더욱 '힘센 젊은' 시인이 되기를 기원한다.

기획위원 김근 이영주

CONTENTS

배진우

1992년 경북 김천 출생.

2016년 《문예중앙》 신인문학상 당선.

baejw0216@naver.com

2016년 《문예중앙》 신인문학상

〈책갈피 서사〉 외

책갈피 서사

방향을 좋아하는 눈빛이
책갈피를 끼운 페이지에서 머뭇거린다

밖에선
말을 더듬던 남자가
손잡는 걸 싫어하던 애인에게
새로운 방법을 설명해 주었다

낮에 찾은 단어처럼
고양이의 동료는 기지개를 켠다

첫 고백을 훔친 계절이 있었고
익숙하지 않아서 좋은 문장에 밑줄을 그었다

고양이가 아프면 무슨 색으로
덮어 주어야 하나
무늬와 발자국
겨울에 태어난 동물에게는 하얀 애칭이

고양이는 고양이만 떠올리게 하니까

멈춘 잭찡마디
어두운 호기심에서 시작된 서사가 있다
짧은 범죄와 그로 인한 갈등
마른 입술을 가진 나와
더듬거리는 배경이

어두우면
고양이가 운다
고양이는 앞으로도
둥근 것이 밤인 줄 알고

사물의 월식

달이 한 주기를 끝내면
시선부터 의심한다

렌즈를 끼고 잠이 들었던 하루
눈 뒤로 넘어간 렌즈는 원래 목적을 잃고 혼자 검은자를
오가며
볼 수 없던 나의 안을 보고
시력이 가담할 수 없던 뒤편으로 숨고는
다시 원래 자리로 돌아오곤 했다

눈동자를 한 바퀴 돌아온 렌즈는 월식을 끝낸 달처럼 나
와 가까워졌다

눈을 감고 떴을 때 없었던 잔상이 얼룩을 만들면
렌즈가 기억하던 크레이터라 믿었던 날
별자리처럼 그럴듯한 기분이 들었다

부패한 각도에 따라 흔들리는 달의 종류는

물건 아닌 물건 같아서

시선부터 의심한다

누군가에게 편지를 쓴다는 건

달의 시작을 궁금해하며

여백에서 안부를 채우는 일

손그림자에 묻힌

앞에 쓴 필체가 낯설게 기울었다

반달 같은 눈을 하고 보면

사연으로 부푼 사물이

지금과 가깝고 지금이 아픈

첫 문장을 괴롭힌다

눈 안에서 달을 대신해 공전하던 렌즈가 있었다

왜곡된 다른 사람의 원근을 무시하던

나는 달과

달이 아닌 먼 것들에 관하여
시선부터 의심한다

모서리

서로의 태몽을 거두어들인 밤 달이 네모지다

가시지 못해 내 것이 된 것들
나를 보고
마음이 마음을 잃어버렸다

주름의 속성에서 멀리 벗어나지 못하는 파도
내 비밀이 있다면 영영 굳지 않는다는 것

있다면 그곳은 만지기 위한 곳
봉합이 실패하여 너덜너덜 부는 바람도
낡아 부스럼 많은 새벽도 스치는지 모르게
재회가 있다면

네모난 달맞이를 끝내며
각지지 않은 것을 숭배하던 부족은
환호를 지르며 아무것도 하지 못했을까
신음으로 밤을 낭비하던 입술은 모서리를 닮아 가고

다섯 번째 발가락에서
부끄럽게 피고 지는 물집이 자랐다
만지면 만질수록 딱딱하게

지독한 농담처럼
나를 불러 줘 빠르게 읽어 줘

유통 기한 없는 비누를 연구한 이들이
환생하여 그것으로 몸을 닦거나
매끄럽게 달에 이르는 거리를 잰다는데

없을 듯한 동작을 반복했다
세상은 세상의 모습이 아니었으니까
어려운 것은 없었다

모서리를 닮아 가는 사람들이 자신의 태몽을
두 번 꾸었다는 여담을 들었다

왼손잡이용 햄버거

한입 베어 물면 그곳에서 햄버거는 시작합니다

왼손잡이에게는 왼손잡이용 햄버거가
오른손잡이에게는 오른손잡이용 햄버거가 필요합니다
양손으로 잡고 먹던 경험은
햄버거의 회전을 고려하지 못한 일
좌지우지해도
두 손 모두 난해해 보이니까
어쩐지 쉽게 풀리는 포장지를 벗기면서
구매 후 빠른 시간 내에 의심을 해야 했습니다
정확하게 먹고 싶은 음식은 종종 식욕을 앞서가고

일식은 태양이 달에 가려지는 것입니까?
달이 태양에게 가려지는 것입니까?
그랬다면 지구는 어디에?
문은 미는 것이 맞겠습니까?
당기는 것이 맞겠습니까?
그랬다면 나는

양파나 토마토처럼

햄버거에는 둥근 게 들어갑니다

둥글지 않은 것은

둥글게 만들어 넣습니다

재료의 순서는 정확합니다

참깨빵 위에 순 쇠고기 패티 두 장 특별한 소스 양상추⋯⋯

치즈를 들추어 피클은 빼기 위해 주춤하다가

맛에도 순서가 있었고

따라온 그늘이 자기 자신을 덮어 가는 중이면

식은 음식과 보낸 시간들

끝에서는 음력처럼 속삭이던 나날을 잠시 떠올릴지도

한쪽이 부족한 사람이

왼쪽 벽을 잡고 따라가는 애인의 기념일을 기억하고

누가 나를 사랑해 달라고 했나요?

질문이 지워질 때까지

답변을 대신하는 물음들만 있습니다

햄비거를 앞에 두고, 짧게 명상하는 사람도 있었고
나는 그에게서 멀리 돌아왔습니까?
같은 층을 나누어 가졌지만
햄버거는 빵-패티-빵
일식은 태양-달-지구

틀린 문제만 틀립니다
물음과 거짓말은 서로 자리를
바꿀 줄 알고 있습니다
일식은 자기보다 작은 것을 삼킵니다
한입 베어 물면
들쭉날쭉 자국이 남고
가지런한 것은 바깥에

어느 곳이든 햄버거는 시작합니다

없던 일

75L 쓰레기봉투 끝이 매듭짓지 못하고 흔들린다

타면 불이 되고 곧 그렇게 되는 것을 예감할 때처럼

떨어지는 곳마다 비는 다른 소리를 낸다

젖지는 않고 축축해져만 가도록

재질이 그러했다

원탁의 형상을 한 채 눕거나 세워진 자세대로

노출된 공복을 품고 전봇대 주변으로 봉투들이 모여 있다

출처를 잊은 영수증, 구멍이 많은 원피스, 비닐, 비닐

반은 투명하고 반은 막혀 있어서

알록달록한 장기를 보이며 얇게 막 하나를 두고 대치한다

쓰레기봉투는 자신의 근력을 모두 드러내고 산다

꾸역꾸역 끝을 눌렀던 힘이 손끝에 오래 남는다

빨리 찾아온 밤이 봉투 겉을 핥았다가 머무른다

바닥부터 기어오르던 열점이 영감처럼 스치고

내가 찍었던 방점에서 습기를 지운다

여중생 한 명이 창백한 봉투들 앞에서 정지한다

걷다가 신발 끈이 풀리면 누군가 나를 생각하고 있다는 이
설을 믿으면서

신발 끈을 묶는다 나비매듭이 날 것처럼 흔들린다

이 구역에서 저 구역으로 넘어가면 잃어버리는 감각이 있다

봉투에게 잃어버린 지붕을 마저 지어 주는 이는 없었다

비닐 속 비닐이 맞닿아 뭉치고

선을 따라 젖지는 않고 축축한 채 안에서 안으로 흐른다

쓰레기봉투가 모여 있다

처음부터 없던 일처럼

강혜빈

1993년 경기도 성남 출생.
2016년 《문학과사회》 신인문학상 당선.
paranpee@nate.com

2016년 《문학과사회》 신인문학상
〈열두 살이 모르는 입꼬리〉 외

열두 살이 모르는 입꼬리

숫자를 좋아하는 흰 토끼는 편지를 써 오라고 했어
거짓말을 완벽하게 훔친 아이에게 내주는 특별 숙제
말랑말랑한 지우개 똥 연필 끝에 꾹꾹 뭉쳐
사랑하는 선생님, 저희가 잘못했대요.

시험지 위로 진눈깨비가 내리는 교실

무서운 이야긴 속으로 해야 더 무섭지
칠판이 두 쪽으로 갈라지고
그 속에서 모르는 아이가 빳빳한 채로 상장을 받고
종례가 끝나면 답장이 왔어
아니, 너희가 아니라 너지.

안으로 접힌 귀 토끼의 가장 단순한 장점
만져 보고 싶어 삼분의 일로 나뉜 귀
왜 우리들은 밋밋한 귓바퀴를 가졌지?
좀 더 수학적으로 생기질 못하고

어렴풋이 웃고 나면 어른에 가까워질까?
토끼의 진짜 얼굴은 손목에 새겨 놔야겠어
기다리는 미술 시간은 오지 않는데

명치를 찌르면 실내화가 미끄러워지는 마술
복도 끝과 끝이 어떻게 다른지 설명해 봐
부풀어 오른 선생님, 시리도록 하얀.

뒷문에서 굴러 나오는 귀 두 짝
청소 도구함에 숨은 눈알
창문에 붙은 천삼백일흔 개의 입 그리고 입

나는 토끼를 해부하는 상상을 했을 뿐인데요?
책상 밑에 숨어 지우개 똥만 뭉쳤는데요?

괄호 속에 몸을 집어넣고
옅어지는 발가락을 만지는 중입니다

열아홉은 괄호가 포함된 사건이었습니다

하나, 바닥에 빨간 울음이 흥건합니다 누군가 날카로운 어젯밤을 소화시키지 못했나 봅니다

둘, 여기서부터 가족들의 방은 멉니다 커다란 구름이 말라 가는 거실입니다

셋, 시계의 뒤편이 기억하고 있는 시간을 봅시다 아빠는 오후 아홉 시처럼 생겼습니다

넷, 우리들은 우리들로 남아야 하기에 아직은 식탁에 앉아 실마리를 꼭꼭 씹어 삼킬 뿐입니다

벽 너머에서 엄마는 푸르스름 야위어 가고 아빠는 배를 까고 누워 노랗게 불어 갑니다 시침으로 꿰맨 교복 치마는 나의 알리바이 무지개의 꿍꿍이를 눈치챘나요? 엄마 아빠가 시계 속으로 분주하게 스며들고 있습니다 나는 혀가 고부라진 아이 입안 가득한 째깍 소리를 녹여 먹으며 내일의 과목을 생각합니다

구름이 눈썹을 찡그리는 날부터
나의 이름이 느리게 증발할 때까지

증거가 되지 못한 물방울들은 곧 이름을 잃어버립니다 아직 쓸 만한 우리들이에요 까드득까드득, 아빠는 질문을 씹어 먹습니다 어떻게 하면 흘러내리는 심증을 촛농처럼 굳힐 수 있나요? 시간의 부스러기가 천장에서 쏟아집니다 미제로 남은 우리들이에요 까드득까드득, 마음껏 부서질 수 있는

빨간 울음이 바싹 마르는 아침, 귓속에서 알람이 울립니다 아흔아홉 번째 이명입니다

딱딱한 무지개가 완성되면 깨끗한 얼굴로 학교에 갑니다 오전 일곱 시는 무엇이든 시들게 만들 수 있고 그러나 오후 네 시에는 조금 웃어 보아도 괜찮은 것 아홉 시의 발소리가 들릴 때마다 뒤꿈치에 쌍무지개를 그려 보기도 합니다만 우리들은 조금도 겹쳐지지 않습니다 무지개의 꿍꿍이를 눈치 챘나요? 촉촉한 물방울들이 문 틈새로 탈출합니다 언제 어

디서 다른 색깔의 울음이 발견될지 모릅니다

　　무지개가 시간을 읽기 시작할 나이부터
　　열아홉이 어른들을 타고 멀리 날아갈 때까지

요절한 여름에게

편백나무가 날아오르는 시간
당신은 그대로 숲을 향해 걸어가

첫 번째 돌에 표시해 둔 나를 지나쳐
마치 갈림길에서 힌트라도 쏠 것처럼
척척함과 약속은 잘 어울려
더듬더듬 목구멍 들춰 어둠을 만지듯이

나는 오늘 가지색 인사법을 배웠고
카나리아를 내년 귀퉁이에 묻어 주었지
철제로 된 새장이 무엇을 책임져?

날개 터는 방법을 잊어버렸어 어쩐지
뾰족한 부리는 당신의 피상
나는 오늘 도도한 레몬처럼 거절했고

편백나무의 날숨은 뿌리를 놓치는 것
배 속이 잠시 투명해지는 그런 것

내가 따뜻한 흙을 퍼먹는 동안에
당신은 그대로 숲을 향해 걸어가

새끼손가락을 주머니에 넣고
어제로 통하는 길을 잘 안다는 듯이
그러나 모르는 발바닥처럼
하늘을 지나치게 올려다보며

우리는 절벽을 잊어버릴 수 있어

똑똑한 버섯들은 어떻게 우는지 들어 봐
조금씩 해가 길어지고 땅이 흔들리고
당신은 그대로 숲을 향해 걸어가

커밍아웃

축축한 비밀 잘 데리고 있거든
일찌감치 날짜가 지난 토마토 들키지 않고
물컹한 표징은 냉장고에 두고
나는 현관문을 확인해야 해
아픈 적 없는 내일을 마중 나가며

취한 바람이 호기롭게 골목을 휘돌아 나갈 때
나뭇잎이 되고 싶어 아무 데서나 바스러지는
우리가 서로를 껴안을 때 흔들리는 그늘
더 낮은 곳으로 자리를 옮겨 가는데

아무도 모르는 놀이터에서 치마를 까고 그네를 탔어
미끄럼틀과 시소의 표정
낮지도 높지도 않은 마음을 가지자
혼자라는 단어가 낯설어지면
얼음 땡,
크레파스 냄새 나는 빨주노초 아이들
웃음 먼지를 풍기며 뛰어나가고

배 속에선 만질 수 없는 부피들이 자란다
누가 우리를 웅크리게 하는 걸까
웃지 않는 병원에 가야겠어
문 닫은 교회에서 기도를 하거나
그것도 아니면 여관에 하루 정도 재울까
창문이 많은 복도에서 자꾸만 더러워질까

뉴스는 토마토의 보관법을 알려 주지 않는다
설탕에 푹 절여지고 싶어
사소한 기침이 시작된다
내 컵을 쓰기 전에 혈액형을 알려 줄래?

옷장에서 알록달록한 비밀이 흘러나와
자라지 않는 발목 아래로, 말을 잊은 양탄자 사이로
기꺼이 불가능한 토마토에게로

뱀의 날씨

할머니는 그날 오후 빨래를 개고 있었습니다
삼촌의 파자마 속으로 기어 들어가면서
얼룩은 아늘도, 아들은 엄마로 벗겨 내는 거라면서
척척한 양말을 머리에 뒤집어쓰고 있었습니다

얼룩은 그늘에서 말려야 하나요?

삼촌은 허물을 벗고 삼촌들로 불어납니다
엄마라는 단어에 슬슬 똬리를 트는
독신주의 채식주의 완전무결 무신론자 삼촌들
입속에 불혹이 자라 말을 잊은 삼촌들
특기는 식탁 밑에서 기절하기
마흔답게 혓바닥 날름거리기 또는
잠자는 할머니를 죽은 쥐로 착각하기

얼룩은 그늘에서 더 축축해지나요?

집 안 가득 비눗물이 차오릅니다

방 세 칸이 조금은 말끔해진 것 같습니다
이제 곧 얼룩의 무늬가 바뀌는 시간일 텐데요
할머니가 좀처럼 탈수되지 않습니다

부글부글 거품이 된 집을 내려다봅니다
누가 옥상에 삼촌을 널어놨습니다

깊어진 그늘의 손을 잡아 봅니다
나를 벗을 준비는 이제 되었습니다

김정진

1993년 전남 광양 출생.
2016년 《문학동네》 신인상 당선.
nearbystay@gmail.com

2016년 《문학동네》 신인상

〈식물인간〉 외

식물인간

꿈에서 나는 꽃을 물고 잠들어 있습니다 주변은 온통 제 몸을 날리는 것들로 가득하고 나도 중력을 거부한 이름들과 나란히 떠다니고 싶어집니다 벼락을 맞은 나무의 키가 줄어드는 것을 보고 나도 돌이켜 살고 싶어 죽은 나무 구멍에 머리를 들이밀고 숨을 쉬어 본 적이 있습니다 하지만 그때 삶을 뒤집은 건 내가 아니라 나무였고 나는 아직도 그 안에서 나던 향기를 생각하는 중입니다 홀로 남은 나무마저 어느 순간 몸을 날리게 될까 봐 나는 꽃이 떨어진 자리마다 우표를 붙여 주었습니다 말 못 할 슬픔을 간직하고 죽은 사람들이 식물로 다시 태어난다는데 또다시 아프게 죽은 식물은 무엇으로 태어나는지 궁금해졌습니다 몇 달이 지나고 내 안에 여전히라고 부를 만한 방이 남아 있다면 죽은 나무 산 나무 그 방 안에 자라고 있는 것입니다 휘파람새는 꽃을 따려 손을 내미는 소년의 손가락을 물고 날아갑니다 손가락을 잃은 소년은 자신의 손가락보다 새였던 꽃을 더 그리워하다 마침내는 제 손에 꽃을 피우고 나무가 된다고 합니다 얼마 전 늙은 코끼리 한 마리가 나무 밑에 몸을 뉘었고 코끼리는 시든 식물의 빛깔로 말라 갔습니다 나무는 코끼리를 먹어 치우고 다시 걸음마를

연습하는 중입니다 손가락을 문 새가 있어 휘파람으로 부르
려는데 입을 틀어막는 섬뜩함에 놀라 잠에서 깨어 보니 내가
물고 있는 꽃이 입에서 떨어지지 않습니다 낙엽들이 살을 베
며 지나가고 이제 민들레를 불던 내 입에서도 향기가 납니다

미러링

왼손잡이이던 사람이 오른손잡이가 된 후에도
남아 있는 왼손의 흔적처럼

내가 싫어하던 여름은
네가 좋아하던 여름
이를테면

내가 해가 뜨기 전의 하늘이라면
너는 해가 진 후의 하늘

저녁일까 새벽일까
왼손 오른손 셈을 하다 밝아지거나 어두워지던 구름들
옛사람들은 이것을 병아리 감별사처럼 구별했겠지

한 번도 왼손을 써 본 적 없는 사람이
왼손을 먼저 내밀기 시작했다면
그에겐 이제 오른손의 흔적을 전혀 찾아볼 수 없게 될까

왼손만으로 내 목을 조르며

숨이 넘어가기 전 치솟는 쾌감에 한 번은

반쯤 사는 기분을 느낄 때

시간 가는 줄 모르고 하늘 높은 줄 모른 채

올려다보던 여름의 수심水深

정오와 자정 중 어느 것이 더 깊어?

해가 뜨기 전의 하늘을 해가 진 후의 하늘처럼 날아가는

외눈박이 새의 활공

네가 밤이 되어 갈 무렵 나는 새벽이 되다가

무분별도 하루 이틀이라고 밤을 지새우고서 두 눈에 비

쳐 보던 양손

중앙 정원을 반대 방향으로 걷는 두 사람이

중간에서 만나는 그 지점

서로 지나가던 순간이 있었다

해가 뜨기 전의 하늘은 세어 본 적 있는 마주침이고

그때는 그때고 지금은 지금

어제 벽에 붙어 있던 거미가 오늘도 그대로 있다
자신이 거미가 된 것을 믿을 수 없다는 듯이

어제는 만났지만 오늘은 만날 수 없는 이유에 대해
그게 그거라고 말하는 너에게 그거는 그거고
이거는 이거라는 것을 이해시키는 것에 실패한다

구석이 점점 어두워져도 거미는 좀처럼 움직이지 않고
거미가 되기 전의 삶을 떠올려 보는 것일까 그와 삶을
바꿔치기한 무엇은 먼지 자욱한 실내에 엉거주춤 서 있을까
한 번을 바뀌지 않아도 적응하기 어려운 몸
네가 되어 보는 상상을 하고 알코올이 되는 상상을 한다

오늘 자전거를 끌고 천변을 지나간 사람이 내일은 나타
나지 않는다

어떻게 모든 것을 다 설명할 수 있을까
그때는 그때고 지금은 지금인데

우리 눈에는 보이지 않는 줄이 내내 우리의 뒤로 늘어뜨려지고 잠시
뒤처진 사람의 발이 앞서간 사람의 것에 걸린다
그가 일으킨 바람이 사그라지기도 전
다른 바람이 와서 그것을 지우듯이

어제 벽에 붙어 있던 거미가 오늘은 안 보인다
그런 믿음을 갖는다

너의 그때가 나에겐 지금
거미줄에 걸린 나방이 더 이상 움직이지 않는다
날지 못하는 것을 믿을 수 없다는 듯이
죽음을 예감하고 수많은 지금이 걸어온다

논픽션

중간까지 읽은 소설의 주인공이 남자라는 걸
소설의 중간까지 읽고서야 알았다
일생이 절반에 이르기까지 여자였던 남자는
책장이 넘어가듯 단순하게 생을 바꿔 버리는데
남자가 된 여자는 아무것도 모르고 가사 없는 노래를 불
러 준다

새벽은 금세 저물어 첫차는 다가오고

그가 된 그녀는 그란 사람 말도 없이 떠나 버렸나
파쇄기에 갈려 버린 마음을 안고 금 하나를 넘지 못해 애
만 태우다가
한 곡도 다 못 맺고서 동면冬眠을 간다
그녀였던 그는 그녀가 간 줄 모르고 이불을 개다
그날 아침 창밖으로 눈이 내리는 것을 보았다

쌓이기만 하고 녹지 않는 눈이었다

다시 펼쳐 보아도 이미 이불 속에 그녀는 없고

돌아갔어도 덮어쓰기 된 생이 끝 간 데 없어 여자였던 남자는

원래 남자였던 남자로 그녀를 영영 잃어버리고 말았던 것

모두가 떠났고 모두가 남겨진 소설에서

종종 그는 그녀를 떠올렸고 중간의 중간까지 읽은 소설의 주인공이

그인 줄 알았건만

덮고 나면 그마저도 흐릿해지는 오리무중의 폭설

감감한 마음을 만져 보다가 네가 머리에 쌓인 것을 털며 들어온다

먼 사람들은 모두 잘 지내지 않으냐

목성

미안하지만 미안할 수 없는
무중력 속의 죄책감
목성에 살았더라면
지구를 두 개는 넣을 수 있는 눈을 갖고서
배가 아니라 섬 하나쯤 가라앉더라도
그럴 수 있어 그럴 수 있다

발음은 무뎌지고 역사는 두꺼워지겠지
시간이 해결할 수 있는 일이 더 많아진다는 것
항상 벽에 기대어 길어지는 덩굴의 생존
기우는 해만큼 그림자 속 잎사귀는 점점 뾰족해진다
꼿꼿이 선 실어증 환자가 인내 끝에
……해, 라는 말을 툭 떨어뜨릴 때

종소리가 사소해지는 것이 들립니까 더 사소해지고 사소
해질 때까지
작고 작은 종이를 접는다
작아지고 작아져서 보이지 않을 때까지

보이지 않는 종이를 손바닥 위에 얹으면
보인다 하늘 끝으로 날려 보낸 수백 개의 연

뜨거운 물에 찬물을 조금씩 섞어 미지근한 물을 만들듯이
방 속의 방 속의 방 안으로 들어가야 겨우 실감할 수 있는
무중력의 포근한 질감이 있다
어떤 죄를 지어야 무거워질 수 있을까 무엇을 더
해야 뭉툭해질 수 있나

네게 산 위에 뜬 목성을 알려 주며
더 이상의 후회를 없애려 하였다

이필

1972년 경북 영주에서 태어나
2016년 《문학사상》 신인문학상으로 등단했다.
zenithmine91@gmail.com

2016년 《문학사상》 신인문학상
〈봄의 대곡선〉 외

봄의 대곡선

목련이 양 떼처럼 봄밤을 몰고 가면,
목동은 별의 발자국을 따라 천천히 걷는다

별과 별을 이어 보는 손끝, 차가운 너의 입김이 어둠의 결
을 환히 아프게 하겠다 새로 첫 잎이 돋고 백목련 가지는 봄
의 대곡선을 지나 동쪽으로 조금씩 고개를 기울였지 여기는
잊힌 별 아르크투루스, 별은 사람으로부터 돋아나고 어느 수
도사의 필사본에 찍힌 새벽처럼 먼 곳에 닿을 안부 같은 것,
잎과 잎이 포개어져 봄의 한 생을 이룰 때

수억 광년, 별들도 저무는 사이
북극성처럼 가지의 길을 알려 주는 목련꽃도 있어
처녀자리 아래 발굴된 별의 화석
돌 속으로 스민 입맞춤을 누군가 긁어내면
낯선 온기를 가만 흐느낄 텐데

목련나무 한 그루
제 안의 꽃봉오리로 별자리를 이루고 있다

꽃가루 주의보

오월의 무덤이 웃음을 뿜어낼 때마다
아카시아꽃이 피어난다
그늘 아래 지나는 소녀들,

송곳니 품은 이파리가 흰 목덜미 물고
공중에서 어찔어찔 뜯겨 나간다

가시에 맺힌 햇덩이가 누구의 것인지
알아챈 꽃은 뜨거워진다 파르르
바람이 스치면 진저리 치듯 검은 수액이
우듬지 속잎까지 달아오른다

어른이 되지 못한 여린 것들
새 꽃잎을 뜯다 스러진다, 감염처럼
떠나간 행적이 격리된다

햇볕 농도 높을 때 꽃잎의 낙하율은 커지고
불행은 뿌리의 전생을 더듬는다 누군가

가늠할 수 없는 깊이로 시선을 떨굴 때
흘러내리는 그늘 속에는 한때의
비명과 열망이 봉인되어 있다

짙은 꽃가루가 날리면
갓 핀 죽음이 향기에 찔린다

검은색을 찾아서

　눈먼 화가가 받쳐 든 화폭에는 덧칠된 어둠이 뭉개지고 있었다. 밤의 농도를 닮는 선인장 벌레에서 체액이 흘러나왔다. 그의 검정 물감은 램프의 그을음보다 사체에서 채취한 골탄보다 밀도가 높았다. 세상에서 가장 검은, 검은색이었다.

　붓 끝이 지날 때마다 모래바람이 불었고, 팔레트에서 색을 빠져나오지 못한 사람들이 평면으로 착상했다. 검은색이 소용돌이치는 우주, 발설되지 못한 별들만이 파닥파닥 갇혔다. 백태 낀 화가의 눈가로 천천히 검은 안료가 흘러나왔다. 가장자리 짓이겨진 물감 덩어리 속 말의 동굴이 있다. 동굴은 점점 깊어 갔다. 산란된 묵자墨字가 박쥐처럼 메아리를 좇고, 막다른 곳 하얗게 벗어 놓은 수십 개 껍질에는 말의 체온이 있다.

　순도 높은 침묵만을 남기고 사라질 수 있을까. 덧칠된 물기 사이로 빛이 번득인다. 그의 그림은 관람객을 홀렸다. 화가는 자신의 눈을 동굴에 남기고 그림 속에서 걸어 나왔다.

덤불은 나아간다

태어나 일곱 해 지나도록 내 이름은 찔레였다
가시덤불 본적本籍도 없이 섞여 피어난
비인칭의 무엇이었는지,
여름 한철 심심한 조각구름이어도
어디선가 날아와 재재거리는 멧새이어도
바위에 드리운 살구나무 향이어도 좋았을 것이다
새순이 여려 살 오르기를 기다렸는지, 아버지는
초등학교 들 때까지 출생 신고를 하지 않았다
한 뼘 굴곡이 가지를 잇고 덧대고
무성하게 그늘을 키워 낼 때에도
평생 그리워할 줄 아무도 몰랐을 것이다
호적에도 없는 무책임한 자연을
무릎으로 기어가는 저 하얀 증식의 덩어리를
누구에게도 앞서 말해 주지 않았을 테니
햇살도 전입해 오는 꽃과 덤불 사이로,
처음도 끝도 없는 불안과 연민 사이로
여름은 나아간다

분홍이 번지다

분홍이 든다 배롱나무가 멈칫거리며
빗줄기를 가지에 매달 때
단내 같은 입김이 번진다

잎새 사이 뻗어 가는 기로에서
엇갈린 날들, 꽃 송이송이
저 형형한 산소가 한때
내쉬는 호흡의 일부였던 적 있다

나는 기압골 깊은 나무 그늘에 앉아 있다
기류하는 손끝이 닿는 흰 뼈,
수피樹皮를 긁으면
화사한 영향으로 물방울 털린다

구름의 맨발 사이로
갈맷빛 젖은 잎새들 분홍을 신는다
내 몸 병病 같은 꽃숭어리,
분홍이 있어 꽃 피고 지고

지고 피는 긴 여름의 내륙이다

늙은 시간은 쉬이 식물을 잊지 않는다
분홍은 불가촉의 공중으로 스며들고
아직 태어나지 않은 꽃잎과
떨어진 꽃잎 속으로 우리가 떠나온
약속을 마저 살아 줄 것이다

더 울울해진 몽환의 끝으로,
아가미 흔적 같은 분홍을,
나뭇가지로 밀어 올리며
장마 전선이 북상하고 있다

서춘희

/

1980년생.

서울예술대학 문예창작과 졸업.

2016년 《시로여는세상》 신인상(전반기) 당선.

jjune00@hanmail.net

2016년 《시로여는세상》 신인상(전반기)

〈근린〉 외

근린

우리는 양호하다 몸을 비틀어 보는 공원에서 픽토그램의 실루엣에 빠진다 그는 항상 그다 옳다고만 볼 수는 없지만 울퉁불퉁한 면을 뭉개는 움직임은 실수가 없다 순서에는 다음이 있다 전과 후는 발라 먹은 생선처럼 외롭게 놓이는 것에서 발생한다

뒤통수 감별사들이 긴 장갑을 끼고 안경을 닦는다 일정한 흐릿함은 시각을 이루는 뼈라고 한다 장갑 속 손가락이 가릴 수 없는 것 이웃인가? 남겨진 말을 생각하다 잠이 든다 부서진 옆을 만질 때 조각상은 다정했다고

매일을 쓰러뜨리는 포즈는 납작하다 따뜻함을 잃지 않으려는 반복으로 담장이 자란다 좌우를 벌리는 체조 선수의 자전과 정확하게 중앙을 통과하는 꼬리는 납작하다 우리는 땀을 흘리지 않는다 조금씩 얼굴이 되어 간다면 온도가 높아질 텐데 그때부터 거울은 비틀어졌지

기이한 틈은 자는 동안 한 다발이 될 것이다 가까운 곳에서 시

차를 견디며 온오프를 구분할 때까지 건너편은 곤두서 있다
번지는 빛을 옆구리에 끼고 걸었다 근데 양호하다는 건 뭘까

파스타

감아올릴 때 뼈는 부드러웠어. 테니스공은 날아가다 멈추고. 라켓은 여기 하나, 저기 하나. 창에 비친 나는 투명해졌지. 우리는 가깝게 태어나려고 반대로 회전. 나눈 것은 길고 긴 악수였나. 깃을 세웠어. 의자는 등을 돌리고 앉은 나를 겨누었지. 어깨를 기댄 채로 볼의 붉은 부분을 떼어 내며. 목 아래 그림이 녹슬고 있어. 휘감고 오르는 계단은 볼록해졌어. 다 같이 그림자를 끌고 달린다. 공원의 왼쪽에서. 늘 그런 것들이 신선해. 왼손에 포크를 쥐고 바라봤지. 덮어 놓은 《하얀 테이블》이 테이블을 지킨다. 책의 입구를 누르면 너는 입을 열었어. 트랙을 따라 도는 회전문은 고르게 달아오르고

방금 벗겨 낸 토마토의 얼굴
줄이 끊어지는 순간은 계속된다

우리 집에 왜 왔니

삭막하지 않은 어둠을 저을 때 국물이 술렁입니다. 몸을 겹친 바늘은 가까스로 숫자를 읽어 내려갑니다. 입속을 빠져나오는 푸른 심줄처럼 당신과 나의 저녁은 잘 씹히지 않죠. 퀴즈 쇼는 사람들에게 문을 열어 주었어요. 영원할 것 같은 정답을 외치며 버튼을 누릅니다. 번갈아 뼈금, 소금과 설탕은 여전히 헷갈리지만 문제를 맞힐 수는 있죠. 꽃을 목에 건 인도 소년의 큰 이. 적도를 배회하던 우리는 기꺼이 신발을 벗었어요. 쥐었다 놓을 때의 탄성으로 문제가 바뀌기도 해요. 당신은 주관식 나는 객관식을 좋아합니다. 통통한 면을 감아올릴 때 식탁 위로 떨어지는 눈송이들. 비밀 같은 기포는 간지럽기만 해. 무관한 날씨를 탓하며 당신은 패스를 외칩니다. 점점 벌어지는 고통을 응시하는 창문. 힌트가 주어지는 타이밍! 굽혔다 펴는 팔에 매달리는 물음표, 넣을까 말까. 아껴 먹으라는 듯 비가 오네. 화들짝 뛰쳐나간 제라늄을 잡아 와야죠. 자, 다음 문제입니다. 달콤하게 초인종이 울렸습니다.

생일

주먹을 펴지 않습니다. 낙하법을 잊었으므로. 케이크에 빠진 대화. 조금 자라나 출렁입니다. 발끝을 세우고 돌아보는 이는 생략.

미끄러진 뒷모습이 달이 되어 가는 동안
테이블보를 세탁하기로 합니다.
오후, 너무 큰 입 하나가 벌어지고 있습니다.
그렇게 시작되었습니다.
양 볼에 번진 크림처럼
무늬를 닮은 얼룩처럼

어긋난 플라스틱 부리 속에서 방향을 뒤집니다. 허리를 굽히고 들어오는 바람의 속삭임. 긴 손가락을 뭉쳐 버릴 수 있습니다. 하나가 아닌 열이 될 수도 있으니까요. 다가오지 않고 그려지는 우둘투둘함이란 몇몇의 증인과 미숙한 계산법을 동원합니다.

시작되지 않은 오늘을 던집니다. 손이라는 바닥, 작아졌다 커집니다. 삼삼오오 날아가는 새들 갸우뚱합니다. 덩달아 나도 그렇게 되어 갑니다. 우리는 남아 있습니다.

호박죽

가능한 모든 얼굴을 하고
가능한 모든 싸움을 했다

일요일이구나 일요일
동그란 단어를 으깰 때의 표정

진눈깨비 내리는 아침을 저으며
당신은 뭉툭한 방향에서 긴 편지를 읽는다

빠진 발과 빠져나와 버린 발에 대해 생각할 때
뻗어 가는 덩굴이 인도하는 길을 생각할 때

꼭 발음해 보고 싶었던 모음을 향해
입을 벌렸다

보이지 않게 새겨진 잔금을 매만졌다
노랗게 부푸는 바람을 내어 주는
손이 있었고

커튼 사이 무한한 날갯짓이 느껴졌다
너무 오랜 이름 같은 벌이
거기 있었다

측정할 수 없는 포근함이 흘러넘치는
안쪽을 두고

마주 앉아 같은 음악을 듣는 우리가
같이 뭉개진다는 것을 생각할 때

혀끝에서 식는다

한발 앞서가는
구멍마다 구멍이 자란다

권현지

1991년 경기도 시흥 출생.

단국대 문예창작과와 동대학원 문예창작과 전공.

2016년 《시로여는세상》 신인상(후반기) 당선.

dhksl-1004@hanmail.net

2016년 《시로여는세상》 신인상(후반기)

〈프로페셔널〉 외

프로페셔널

겁 많은 빨간 목도리 안으로
한쪽 눈만 보여 주는 표범 무리가 있다
의심스럽게 반짝이는 숲의 근원을 찾아 나선다

물 위로 떠다니는 구멍 난 치즈처럼
맨다리의 촉감을 생각하며 준비 운동을 한다
호루라기를 문 오리들의 삐, 신호음이 들려와
나는 연못 안으로 뛰어든다
움직이면 조금 더 커지는 바다를, 떠올리며
바닥 위로 자라나는 가시들은 온통
촉감 인형처럼 간지럽다

양동이를 뒤집어쓴 마을은 내게 걸어온다
온통 머리는 하얗고 들판처럼 투명하다
나는 두 다리를 가슴 쪽으로 모으고
조금씩 작아지려는 태아처럼,
피리들의 아지트 안에서
빈 병을 바라본다

너는 이제 울어야 해,
물 위로 둥둥 떠오르는 식빵의 마음으로
트리 위에 양말을 걸고 싶다

저 멀리, 검은 표범을 타고 파란 수염의 여자가
달려온다 돋보기로 나를 확대한다
나는 인중을 최대한 오므린다, 눈을 가운데로 모은다
그러나 웃을 때 치아가 보이지 않는 콤플렉스는
가장 높은 빨간 에나멜 구두가 되고 싶다
조금씩 방향을 다투어 회전하는 숲들
진열장은 휘청거리고, 병들은 바닥 위로 굴러떨어진다
유리 파편 사이로 집게를 버린 전갈들
유심히 나를 바라본다

양파의 시간

새파랗게 돋아나는 양파의 싹은 왠지 불안했습니다
물안경을 쓰고 커피 하우스를 지날 때
나무에서 떨어진 부엉이 한 마리
정도껏 날았어야지, 너 어쩌다가 내 손에 담겼니

다리가 부러진 부엉이를 가방 안에 담고
지퍼를 올리면, 폭죽 소리가 들려옵니다
누군가의 결혼기념일 같습니다
초콜릿 케이크 위 빨간 리본을 풀듯
나는 재빨리 재킷을 벗습니다
온몸에 크림이 묻었습니다

조용한 숲으로
뒷짐을 진 두 손으로
말 걸고 싶은 고목들에게 다가갑니다
흔들리는 잎사귀들, 손전등으로 비추면
침묵의 웅덩이 밖으로 거기,
회전문을 밀고 나오는 양파

새파랗게 돋아나는 양파의 싹
파라 세계를 꿈꾸는 뒤통수는
바라보면 눈물이 납니다
울면서 크림을 핥아 먹습니다
이제, 요리할 시간입니다

트레비 기차

눈 가린 말들의 혼잣말이 들려와 나는 트레비 호수에 동전을 던진다

가늠할 수 없어서 이것은 몇 개의 단락으로 이루어진 기차입니까

퍼레이드를 향해 나아가는 기차가 있다 코코아를 마시면서 꿈에 관해 이야기하는 아이들이 있다

가정의 대문은 활짝 열려 있고, 모두가 잠든 새벽으로부터 기차는 망토를 끌어모은다 불꽃이 터지고, 타오르는 바퀴들은 누군가 잃어버린 기억 같아서 나는 유령이라고 명명한다

지붕 위로 올라가 탄산수를 마시며 기차의 행렬을 내려다보는 소년, 그 맨발을 올려다보는 당신의 뒷모습은 투명 망토를 닮았다

말의 고삐를 잡고 밤의 언덕을 오른다

오늘의 창문 위로 말굽 소리가 당도하면, 안대를 벗고 거울 앞에 선다

당신과 맨 얼굴로 면담하고 뜨거운 아이스크림을 먹는다

이곳은 수감된 자들의 노래가 들려오는 감옥, 수인 번호들

이 절벽 위로 기어오르고
  내가 내민 손가락을 잡는다면 이 기차는 다시,
  달려 나갑니까 동굴 속 괴한들이 묻어 놓은 안전모는 이
제 영원합니까

  주머니 속 지도는 폐기되었고, 칸막이 뒤로는 밤의 테라
스가 있다
  아무도 먹지 않은 빛나는 접시,
  조금씩 거대해지는 퍼레이드의 행렬, 거리의 악사들은 퍼
레이드의 리듬에 맞추어 노래를 부른다
  유령의 어깨에 손을 얹고 당신은 즐거운 퍼레이드의 행렬
로 나아가는 중이다 거울 위로 서로의 얼굴을 비추어 보는
아이들, 자라나는 꼬리들,

  태어나는 문장들을 다독이면서, 방향을 더듬으면서
  이것은 가늠할 수 없어서 몇 개의 단락으로 이루어진 기
차입니까
  트레비 동전들 기억을 반추하며 젖은 망토를 끌어모은다

비상구

노랑

노랑

쏟아진다

입 벌려

혼돈 속에서 납작 엎드려 있어

휘날린다, 언덕들의 몽유

긁는다고 열리지 않아

우편함 속에서 쓰다듬고 싶어

소리 나는 조개껍데기 밖으로

헝클어진 그림자, 기어 나온다

맞이할 팔은 짧아서

티셔츠의 구멍 밖으로

다락의 검은 쥐들이 들락거리는 14월

알람은 울리지 않고

생일도 까먹을 수 있어

자꾸만 닳아 가는 케이크 위의 작은 초들,

괜찮아?

목걸이를 물고 달아나는 부리가
내 이름표를 놓칠 때
둥지를 파헤치는 손등
무덤을 바라보는 부러진 안경 위로
올라가 피리를 분다
구멍 사이로 흘러내린다, 아이스크림

발릇 Balut*

요트 안으로 멈춘 오후 3시,
당신을 내려다보며 파라솔 위의 점심을 추억하는 중이다

피의 사원으로 나온 여행자 가족들은 즐거운 저녁 메뉴
를 떠올린다
거리의 산책자처럼, 당신도 유유히 흘러가는 중이다
금발의 여인들은 받침을 걸친 듯 비문 없는 완전한 언덕을
향해 걸어간다 구두를 잃어버린 주인처럼, 당신은 가끔 고독
에 합류한다 이편을 향해 탈출하고 싶다
방전된 핸드폰 안으로는 소속되지 않은 전화번호들이 넘쳐
나고, 당신은 언제나 번호들을 폐기하고 싶지만

들개들이 기지개를 켜는 오후는 지루하다 긴 소매의 구멍,
검은 제복을 입은 신부들의 목청에서 성가의 화음이 지붕을
휘감으면 역사는 반추되는가 액자 위에 걸린 왕비의 붉은 웃
음은 사진 안에서만 영원히 흡혈하는가
초상화의 액자 위로 빛이 반짝, 이면 사원의 과실수는 허
기를 느낀다 사과 한 알이 바닥 위로 툭, 떨어지면 균열 사이

로 노을이 깃든다

　유페틴 요트로부터 해가 들어서면 당신의 하루는 천천히
시작을 더듬는다
　당신에게는 냄새가 없다 달걀의 얇은 막처럼,
　주머니를 뒤집으면 말라비틀어진 담배 한 개비가 만져
질 뿐이다

　네바 강을 바라보는 요트 안의 시체
　녹슨 캠벨 통조림과 말라비틀어진 과일 조각
　염분으로 보존된 책상 앞의 시선은
　녹슨 철제 시계를 바라보고 있다

　파라솔이 접힌다
　당신은 눈을 감고 잠을 청해 본다
　부화 직전의 발룻.

* 발룻Balut : 부화 직전의 오리알을 삶은 것.

문희정

2016년 《시와반시》 신인상(상반기) 당선

ssgene00@hanmail.net

2016년 《시와반시》 신인상(상반기)

〈목뼈들〉 외

목뼈들

네 농담이 어제와 같지 않았다
꿈이나 꿔야지, 나는 입을 오므리고
모로 누운 너의 등에다
씹다 만 껌을 붙여 두었다

허우적거리는 너를 보았는데
너는 너무 멀었고 나는 웃고 있었다
웃음은 계속되었다

긴 잠에서 깨어
다시 그 껌을 씹다 보면
나는, 아주, 오래, 걸어왔구나,

창 너머로 낡은 다리를 보는 걸 우리는 좋아했는데
그곳을 찾는 건 떨어지려는 사람뿐이었다

여름이었고 마당에 작은 목뼈들이 흩어져 있었다
햇볕이 목뼈들을 조이고 있었다

가능한 모든 장소에서 농담이 흘러넘치고
비가 내릴 깃을 오래전부터 알고 있었다는 듯
그들은 고요를 이어 갔다

한쪽에서 누군가는 무릎 사이에 얼굴을 묻고 있었다

여름이 끝나도 여름이었다
하품을 하고 아까시를 꺾고
사랑한다 안 사랑한다
사랑한다 안 사랑한다
느리고 더운 바람에도
잎사귀는 모조리 날아가 버려서
꿈이나 꿔야지, 입술을 깨물었다

그러나 이곳에는 아무도 없고
너의 등짝 위엔 잇자국들만 선명하다

잠긴 채로 고장 나 버린

하드케이스 그것을

대부분 버려두고 이따금 썼다

테이블입니다 의자입니다

발길질을 부르는 돌부리입니다

한숨을 쉬다 보면 걷잡을 수 없이 자라나는 구멍

어머니는 그것으로 틀어막았다

먼 곳을 바라보면 아름다웠다

모르는 것들이 반짝이고

고요한 것은 변함없이 고요했으므로

어머니는 밤새 노래를 불렀다

빠짐없이 칠해진 노란 바탕처럼

우리는 노래를 따라 불렀고

모든 노래는 돌림 노래가 되어야 합니다

너덜너덜해진 귀가 묵음을 얻을 때까지

두드리는 소리

들리면 돌아보지 않고

큼직한 보폭으로 무섭게 걷고

붉어진 발끝으로 우리는 차고

발톱 빠진 살덩이가 빳빳하게 설 때까지

어머니의 고음은 들리지 않았다

돌부리입니까

뭉쳐진 밥입니다

오래 고인 물이기도 합니다

뭉툭해진 모서리로 앞다투어 뭉개고

비질비질 우리는 웃는 겁니다

그러면 또 어디선가 두드리는 소리가 끼어드는 겁니다

어루만지는 높이

계단을 오른다
멀어지는 머리를 세고
차가운 난간을 쓰다듬고
심장처럼
자신의 무게를 가늠하는
너무 익은 감처럼

계단을 오르며
내려다보면
내일이 오늘을 밀어내는 것이
하나가 하나를 어루만지는 일이라는 걸 알 수 있다

어루만지는 시간은
맥박과 맥박 사이에도 있어

숨죽이지 않고도
나는 이토록 고요해져서
바람이 내는

작은 소리를 들을 수 있다

조금씩만 밀어내기로 한다
무른 과일을 씻으며 발끝에 힘을 준다

소리를 불러낸다는 건
바람이 지은 계단을 당겨 오는 것
그것은 한없이 말랑하고 깊어
계단에 맞춰 흥얼거리며
나는 없는 계단을
오르고
또 오르고

창문의 쓸모

오래된 냉장고에게 인사한다

뼈밖에 남지 않은 아버지였는데
그렇게 무거울 수가 없었다
사랑에 빠졌다고 떠벌리고 다녔는데
자꾸만 꿈에서는 죽은 아버지와 섹스하는 꿈을 꿨다

모르는 손을 따라 내 손이
북두칠성을 가리키고 싶어서

애인이 아는 숲으로 갔다

햇빛과 바람을 들이지 않고
난간의 화분들을 버려두어도
애인의 얼굴은 돌아오지 않았다

말이 많은 애인을 찾아다녔다
혈색이 좋은 목소리를 쫓아다녔다

창문은 언제든 열어젖힐 수 있지만
창문을 통해 걸어 나갈 수는 없는 거다
무릎을 안으며 아버지는 중얼거렸다

다음 사람에게
냉장고를 물려주고 인사나 받을까
나는 매일 따라가 누웠는데

백색 소음에도 뼈가 만져지는 날이 있었다
기대어 있기 좋아
난간 위에 올라 내려다보길 두 번 세 번
현기증이 났다

실화

폐타이어 산 위에서
무릎이 너덜거립니다 달아난 굽처럼
검은 날아다니는 것들을 바라보며
남은 손이 남은 손을 맞잡습니다

눈물이 묻은 자지러지던
한쪽의 혀가 다른 한쪽에 꼭 맞아서
사방으로 환하게 열린 뼈였던
눈에 눈이 찔리던

나는 원래 물컹거리는 덩어리였을 뿐인데

곁에 없다는 건 어떤 감정을 뜻하는지
웃는 얼굴이 자꾸 보여서 나는 좋은데
단단하게 닳은 고무를 딛고
서서히 무수히 일어설 수 있는데

어느 쪽이 착각인 것일까요

바닥과 바닥은 이리도 능숙히 서로를 밀어내는데

짙게 차가 빠르게 자라나고
죽은 물새 떼 죽은 군함이 깊어집니다

나는 가장 먼저 웃는 얼굴로 떠 있습니다
이불과 중력은 참 아름다운 목소리를 가졌군요

언제부터 우리는 이곳에 있었던 걸까요

김은지

2016년 《실천문학》 신인상으로 등단.

팟캐스트 방송 〈세상엔 좋은 책이 너무나 많다 그래서 힘들다(세너힘)〉 진행.

snowpie@naver.com

2016년 《실천문학》 신인상
〈일인식 식당〉 외

일인식 식당

여자는 일본 가정식을 먹고
나는 여자의 먹는 소리를 듣는다

여자는 친절한 사람일까?
이 늦은 밤에 무슨 일이 있었을까?

여자는 표현이 서툰 사람이다
최근에 힘든 일을 잘 이겨 냈다

아니 여자는 어떻지도 않고
나는 여자에 대해 그 어떤 생각도 하지 않는다

수사자처럼
초목과 코끼리와 습도에 감응하는 모든 방식을
바꿔 가고 있다
귓불을 누르며
삭제!

그릇에 오늘 치의 온기가 나왔다
옆에 앉은 사람은
온기를 빨리 먹고 ㅣ갔다

국그릇에 연보라색 꽃이 그려져 있고
나는 그 꽃의 이름을 모른다
꽃이 무엇인지 찾아보지 않을 것이다

누군가 앉았을 때
내가 있는 그대로 대한 사람이
한 명 늘어났다

망고

학원은 다음 달 폐업을 결정했다

오 학년 승원이를 못 본다면 서운할 것이다

승원이가 공부하는 미국 독립혁명은 1775년부터 1783년
까지다

토머스 제퍼슨 옆에 앉은 프랭클린이 피뢰침을 만든 그 프
랭클린일 줄은

승원이는 머리카락을 뽑는다

정수리에 피가 난 것을 본 것은 지난 가을이었는데 지금은
동전 크기만큼 두피가 보인다

오월이다

수학여행 소풍 죄다 취소되어 애들이 학원으로 온다

지금쯤이면 제주도 공항에 도착했을 텐데

아냐 이미 도착했지 바보야 일출봉 갔겠지

이런 걸로 언성을 높이며 오 분만 놀게 해 달라고 오 분 동
안 재잘거린다

놀게 해 줬더니 놀지는 않고

사망자와 실종자와 구조자의 수를 외운다며 말을 시킨다
꿈에서 삼 층만 한 파도를 봤단다
화장실 문에 끼는 꿈을 꿨다

올 들어 망고가 자주 보인다
크기가 작아서 산 적은 없었는데 트럭에 놓인 망고가 꽤 크다
조금만 더 자란다면 저 보드라운 껍질 속에 싱그러운 여름을 담겠지
조금만 더 기다리면

망고라니
가슴이 아파서 망고는 먹을 수가 없다

대여

모르는 사람의 집에 머무르고 있다
발코니에 나와
길 건너 있는 정원의 분수를 보고 있다

모르는 사람은 아마 여자인 것 같다
욕실에 여러 종류의 바디워시가 있다

침대 속으로 들어갈 때
이불을 들다 멈칫했다
괜찮을까요,

사자와 포도와 아이들이 나오는 꿈속에서
물을 마시고
심각한 고민을 하고
높은 곳에서 떨어졌다

발코니에 나와 분수를 본다
장미 냄새가 난다

따뜻하게 달아오른 철제 의자에

등을 기댄다

마지막 문장

엄마가 당신이 쓴 시를 읽어 보라고 줬다
나는 다 좋은데 마지막 문장이 좀 뜬금없다고 했다
엄마는 니가 뭘 아냐며, 내가 지금까지 살아오면서 신문에
서 읽어 온 시가 얼마며,
두보도 서정주도 다 읽은 사람이고
문창과에 다닌다는 애가 이제 보니 시에 대해 아무것도
모르네, 라며
엉크렇게 화를 냈다

그게 아니라 나는 일이삼사 연이 다 좋다, 다 좋은데
이건 이래서 좋고 저건 저래서 좋고
마치 내가 금강산을 다녀온 느낌까지 들었다
이런 표현은 어떻게 떠오른 거냐, 찬찬히 내 감상을 전한 뒤
그런데 마지막에 이런 마무리는 일기 같다랄까 아쉽다
고 했다
엄마는 그러니까 니가 시를 뭘 아냐며, 내가 지금까지 신
문에서 읽어 온 시가 얼마며
두보도 서정주도 다 읽은 사람이고

봄가을이면 백일장에서 매번 상금도 타 오고
누구 엄마도 읽어 보더니 도대체 어떻게 이렇게 글을 잘 쓰
냐니 그랬는데 넌 뭐냐, 라며 화를 냈다

엄마가 이렇게 화를 내는 사람이었다니
내가 뭐 시를 못 썼다고 한 것도 아니고
한 문장 정도 이견을 가질 수 있는 것 아니냐
문장을 지적하는 게 이렇게 기분 나쁜 거였나 문창과 친구
들은 정말 강철 심장을 가졌구나, 하는 생각이 들었다

저녁을 차릴 때엔 한발 물러나
엄마, 아마 내가 시를 많이 못 읽어 봐서 이런 표현 방식에
익숙하지 못한가 봐요,
어렵게 말을 건네 봤다
그러자 그건 정말이지 니가 몰라서 이해를 못하는 거다,
라며
그 마지막 문장은 아무런 문제가 없다고 했다
엄마가 이렇게 오래 화를 안 푸는 사람이었다니

나는 처음으로 엄마가 아니라 허만분 씨를 화나게 만들었다

엄마 다시 보니 마지막 문장이 괜찮아요
어제는 미안해요
다음 날 사과까지 했지만
사과는 전혀 통하지 않았다

엄마는 계속 시를 쓰고 있다
엄마가 엄마 얘기 글로 쓰지 말라고 몇 번이나 말했는데
자꾸 엄마 얘기를 쓰게 된다
생각해 보면 엄마의 마지막 문장은 그렇게 일기 같지도
않았다

서보 기구

보습 학원에서 수업을 하고
중간에 김밥과 튀김우동을 먹는다

모르는 단어들을 발음하며
샛길에 있는 메타세쿼이아의 무른 수피를
꾹꾹 누른다

조타 장치 : 사람 대신에 정해진 침로를 유지하는 '서보 기구'

서보 기구 : 장치의 입력이 임의로 변할 때
　　　　　출력을 설정한 목푯값에 이르도록 제어하는 장치

조타 장치 :
나를 집으로 돌아오게 하는 내 신발들의 기억력

서보 기구 :
밤 11시 유재석이 나오는 예능 프로그램

내가 했던 크고 작은 행동들이 떠오른다
의외의 순서로
반대의 온도로

모르는 단어들을 발음하며
샛길에 있는 메타세쿼이아의 무른 수피를
꾹꾹 누른다

기쁨을 후회하면서
후회를 기뻐하면서

류진

/

1987년 출생. 2016년 《21세기문학》 신인상 당선.

밴드 〈선운사주지승〉에서 활동 중.

kaizelk@gmail.com

2016년 《21세기문학》 신인상

〈홍금보〉 외

홍금보

홍금보가 중국어로 말했다 견딜 수 없다고

모든 것이 쓸모없는 노력이었으며

노력을 다하든 그렇지 않든 저는 고통스러울 것이며

고통을 극복한 뒤에는 더 큰 고통이 따를 것이고

의미는 그것이 의미이길 원하는 사람에게만 의미이며

의미가 없다는 말 또한 의미이므로

악당의 낭심을 수백 번 걷어차 본 나 홍금보는

제가 지금 들고 있는 이 물병의 낭심도 차 버릴 수 있다고

〈그럼에도 불구하고〉라는 말은 평생 여러분과 저를 기만

했으므로

그럼에도 불구하고 수천 번 명치를 맞은 나 홍금보는 더

이상

명치가 닳아 사라지더라도 울고 있을 수밖에 없으며 구석

에 거기 졸고 계시는 분

깨어날 필요 없으니 그냥 계시라고

강단에 서서 홍금보가 중국어로 말했다

우리라고 불릴 만한 모든 우리는 기마 자세로 다리를 후들

거리며 경청하고 있었고

홍금보가 중국어로 말했다 예를 들면 제가 선 이 강단

제가 수만 번 착지해 온 낙법 한 방이면 가루로 만들어 버릴 것이며

곧 경비가 들이닥치고 공권력이 투입될 것이지만

입에서 불을 뿜어 불태우고 드리워질 장막은 찢어 버릴 것이며

수십만 번 내쉬어 온 호흡이 수백만 마리의 왜가리 떼가 되어

여러분의 살갗을 눈송이처럼 파고들 것이나

여러분은 수천만 년어치의 호수를 맨발로 걸었고 저는 지금 수억 명의 아픔을 느낄 뿐이니

저는 홍금보가 아닙니다

한 마디만 더 해야겠습니다 여러분

더 나은 삶 같은 건 없습니다

피아노 의자를 끌어와 앉으며 홍금보가 중국어로 말했다

모든 신들이 울음을 터뜨렸다

전우주멀리울기대회

알락해오라기와 카카포가 멀리 울기 기록을 보유하고 있다
팀 버케드《새의 감각》

풀 먹인 털실을 원하는 행성에 심고
편안한 자세로 입질을 기다린다 마음으로 에테르가 오면
힘껏 당긴다

얼마나 먼 곳의 행성을 당겼는가
목표로 한 행성이 얼마나 떨렸는가
끊어진 실의 가늘기와 선명도, 마블링에 따라 최고 A^{++} 등
급부터 차등 배점

충분히 주물렀는가 다진 목살
충분히 두들겼는가 이빨과 이빨
한 번도 말아 넣은 적 없는 사람의 꼬리처럼

털실에 정해진 아교 외에 유리, 설탕 등의 이물질을 묻혀
선 안 된다【-5점】
타인에게 줄을 양도하거나 서로 바꿔 쥐어선 안 된다【-7
점】
몸속의 게양대를 내놓은 채 죽어 가선 안 된다【-3점】양

손을 들고

　남의 국경을 발로 지워선 안 된다【실격】

　노크 노크

　당신이 이 사람을 압니까 노크 노크

　당신이 이 사람을 압니다 노크 노크

　당신의 끈을 당신의 정수리에 꽂은 당신이

　빵봉투에서 빵봉투를 꺼내고

　빵봉투를 뜯어서 빵봉투를

　빵봉투에 빵봉투를 잡아먹은 빵봉투와

　빵봉투에 빵봉투를 먹은 울음처럼

　다 알면서 방문을 열어 대는 깊은 밤중의 엄마처럼

　대륙간탄도미사일과 키르히아이스가 멀리 울기 기록을 보
유하고 있다 1867년 에스토니아

　남정네들이 마누라의 비늘에 아교를 바르던 풍습이 기원

이 된 이 대회는

　매년 우주 각지에서 모인 먼지들로 성황리에 치러지고 있
다 연평균

　2명의 참가자들과
　연평균 2밀리그램의 질량의 혹성들과
　연평균 2초간 멈추는 나의 자전과

　위장 속까지 비끌린 문들을 하나하나 밀어 보고 있는 내가
　문 없이 손잡이만 덩그러니 쥔 채 엉덩방아 찧은 내가

　성황리에 치러지고 있다 황제거북 둥지의 훼손 문제가 끊
임없이 지적되어
　1867년을 끝으로 폐회하였음
　쭉 낙담합시다 지방과 단백질 사이의 아름다운 계곡을 따라
　합창합시다 나의 동기 나의 장래 희망 나의 닥터
　나는 동의하지 않습니다 내가 내게서 갈수록 뺏어 가는 것들

낮은 자의 소리가 높은 자의 소리보다 멀리 전달된다

빨리 돌아 버린 행성에 심으려고

목소리로 균이 전달된다 별이 떠나고 남긴 구멍은 누가
책임집니까

머리카락이 빨려 들고 있습니다 매일 밤 자라지 못할 정
도로 조금씩

치명적입니다 멸균된 감정 속으로 확산되는

노크입니다 노크입니까 매일 아침 덜 벗어난 허물을 비늘
째 뜯어내며

대회 규칙에 따라 진행에 지장 없다고 판단하였음

편안한 자세로 입질을 기다린다 가장 멀리 우는 행성에
털실을 심고

빵봉투를 터뜨리고 터뜨린다

나는 이 줄을 놓은 적 없습니다【-5점】

손안에서 하나의 방이 사라졌습니다【-5점】

밀입국자의 발끝으로 지워지고 있습니다【-7점】

편안했습니다

우리 형은 포클랜드산 잡종 세인트버나드 37대손 아버지와
전주 하씨 63대손 어머니 사이에서 태어났습니다
　오후엔 종일 식탁 모서리를 깨물고 밤이면 제 젖꼭지를
빨고요

　외할머니는 중세의 포르노, 금서의 3대 독녀이고 외할아버
지는 세계 3차 대전입니다
　허구한 날 의자에 팥죽을 칠하고 원반을 날려 보내지만
　삼백십칠 년 후엔 알파 센타우리에서 쏘아 낸 레이저를 맞
아 식은 파전이 될 거고

　제 자식은 왠지 우리 형의 귀를 닮았는데
　하반신은 엄마 마음은 대장장이 그런데 호모
　지난주 목줄에서 참치 냄새 나는 애인을 끌고 왔지요 직업
은 개 조련사 불꽃 장수의 아들이라네요

　나는 개와 태어났습니다 튼튼한 밧줄을 목에 감은

저 멀리서 엎어지고
우스꽝스럽게 팔다리가 꺾여 이리로 달려오고 있습니다
내 말소리입니다
쓰다듬으면 드러누워 헥헥 혀를 내미는 나의 말

이가 몽땅 헐어 가엾은 말아
춤추던 빙판 귀퉁이를 입안에 굴리고 앉아

나는 한 사람에게 미끄러질 뻔했고
우리는 더욱 가까이 붙었습니다 우리 사이로 태어난 입
을 잘 보기 위해

거기에 손을 집어넣고 걸으면
마음이 조각조각 씹히게 되어

전쟁도 멸망도 물려받지 못한 나는
평범히 개와 태어나기로 할 수밖에 없었습니다

어제 안 한 퇴화

바가지에 받은 수돗물을 들이켜
죽은 사람의 입술 자국을 떼어 내는 일과 같이
고전은 다른 때 다른 곳에서 태어났지만 한날한시에 죽었
다고 합니다

티비 뒤로 우당탕탕 뛰어나간 저 다리들은 무슨 교육 방
송입니까
알락꼬리여우원숭이는 삼대가 무리 지어 살지만 때때로
혼자 수음을 하다 동물원의 둥근 벽에 머리를 박고 죽는
다……그럼 망고땡입니까
내 신체들은 소금 가루 같은 구멍에서 순간 태어나 각기 다
른 염전에서 말라 가기로 했습니다

네가 맹장으로 운다면
네가 종양으로 운다면
네가 찢어진 모루뼈로 운다면
손으로 뜯어내 내게 붙이고 싶은 맹장

질척이는 어둠에 빠져도 기름쏙독새는

스스로도 밭쥐도 모르게 목을 단번에 비튼다 그럼 리모컨
은 어디 있는 걸까요

채널을 돌려 암흑을 벗어날 리모컨이 없어요 사방의 벽이
담즙처럼 쏟아지는 이 시간에도

인류는 바다로 엉금엉금 기어가고 있습니까 생선 가게 냄새

에 늘어선 마네킹을 어둡게 둘러싸고

간판에 반짝이는 불빛마저 내려

문을 걸어 잠그고 마지막으로 나가는 저것은 무엇입니까

사랑의 그 취미는 무엇입니까

지느러미가 오므라들어 꽃잎이 되고

손발은 서서히 망치가 되어 구겨지고

두 눈은 망가져 석탄으로 온 거리에 떨어지는데

모든 양서류 중 인간만이 아가미로 눈물을 밖으로 흘려보
내 체온을 낮춘다……

우리의 갈비뼈를 에워싼 안개는 어느 세기에서 왔나요

수천의 귀리가 대륙을 건너는 중입니다

백종원

　오래된 야구장이 명물인 도시의 변두리 길을 백종원과 함께 한참 걸었다

　길가에는 아름드리 플라타너스들이 보이지 않는 곳까지 늘어서 있고 거대한 나무 뒤마다 사람들이 숨어 앉아 우리를 지켜보는 걸 느낄 수 있다

　허기져 돌아본 나무 밑에 식당이 묻혀 있다 나는 거기에 들어가 여우 두건을 두르고 앉아

"오늘 열릴 경기가 여기 구장에서 하는 마지막 경기라죠 그래서 우리 팀 몇쯤이 죽을지도 모른대요"
　그게 사실이라면 애석한 일이군요 대답하곤 김이 훈훈한 청국장에 숟가락을 얹었다 여기서 얼마를 더 가야 도심이 나올까

　백종원 곁에는 늙은 급사가 손을 모으고 서 있고 급사는 기아의 발처럼 뒤틀린 히비스커스가 그려진 액자를 가리킨다

식당 밖에는 크게 솟은 야구장으로 향하는 사람들

거리의 간판마다 백종원의 얼굴이 크게 그려져 있다 백종원은 우리가 나온 식당의 옆집을 가리키며 저 집은 맛이 없다고 했는데 거기엔 백종원 얼굴이 없다

우리는 끝없이 계단을 올랐다 모든 계단은 끝이 난다 우리는 모난 곳을 밟고 또 밟고

그가 뒤를 돌아보며 고함쳤다 세상에서 제일 참을 수 없는 일이 남의 꿈 이야기를 듣는 것이라고 "왜냐하면 그건 아무런 의미도 없을 뿐 아니라 듣고 있는 사람을 강제로 흥미 있는 척하게 만드니까!"라고, 그럼에도 지금까지 같이 다닌 것은 너를 사랑하기 때문이라고 너도 나를 사랑한다면 이 포수 마스크를 쓰고 내려가 앉으라고

무너져 내리는 경기장의 풀밭 위를 선수들이 뒹굴고 있었다

밖에서 본 야구장은 서류 가방처럼 차곡차곡 접혀 사라지고 있었다

내게는 몸종이 있는데 분노가 이 도시의 명물이라고 종이 말했다

식당으로 돌아가 된장을 한 그릇 더 삼켰다 식탁 위에서 고요히 나를 기다리던 된장국 속에 자그마한 야구 선수들이 달린다

한연희

1979년 경기 광명 출생.

2016년 《창작과비평》 신인문학상 당선.

hanyama@hanmail.net

2016년 《창작과비평》 신인문학상

〈수박이 아닌 것들에게〉 외

수박이 아닌 것들에게

여름이 아닌 것들을 좋아한다 그러니까 얼어붙은 강, 누군 가와 마주 잡은 손의 온기, 창문을 꼭꼭 닫아 놓고서 누운 밤, 쟁반 가득 쌓인 귤껍질들이 말라 가는 것을 좋아한다

여름은 창을 열고 나를 눅눅하게 만들기를 좋아한다 물이 끼처럼 자꾸 방 안에 자라는 냄새들이, 귤 알갱이처럼 똑똑 씹 히는 말들이 혓바닥에서 미끄러진다 곰이 그 위에 누워 있다

동물원 우리에 갇힌 곰이, 수박을 우걱우걱 먹어 치우던 곰 이 나를 쳐다본다 곰에게서 침 범벅의 수박 물이 떨어진다 여 기가 동물원이 아니라 내 방이라는 것을 알아 갈 때쯤, 나는 혼자 남아 8월을 벗어난다

그러니까 수박이 아닌 것들을 좋아한다 차가운 방바닥에 눕는 것을 좋아한다 피가 나도록 긁는 것을 좋아한다 좋아하 는 것들이 땀띠처럼 늘어난다 그러니까 나는 이 여름을 죽 도록 좋아한다

햇빛이 끈질기게 커튼 틈 사이를 비집고 들어온다 잎사귀의 뒷면과 그늘 사이를 벌려 놓는다 먹다 남긴 수박 껍질에 초파리가 꼬인다 나는 손을 휘휘 저으며 그림자를 내쫓는 중이다 쌓인 빨래 더미 위에, 식은 밥그릇 위에 고요가 내려앉는다

그러나 의지와 상관없이 종아리에 털들이 자라나는 걸, 머리카락이 뺨에 들러붙는 걸, 화분의 상추들이 맹렬하게 죽어가는 걸 여름은 내내 지켜보고 있다 좋아한다 좋아한다 쏟아지는 말을 주워 담을 수가 없다

파프리카로 말하기

도마 위에 파프리카 하나가 놓여 있다

일요일이 건네준 파프리카

이상하게 커다란 파프리카

파프리카를 씹어 먹으며 파프리카 파프리카아프리카

자꾸자꾸 불렀다

뭉툭한 발가락들이 사라질 때까지

새로운 뿔이 생겨날 때까지

이상하고 아름다운 털들이 자라날 때까지 파프리카를 씹

었다

달력에 표시한 오늘은 내가 세상에 태어난 날

축하해 축하해 나를 제대로 잊기로 하자

멀리 떠나 집으로 돌아오지 말자

엄마는 고장 난 냉장고 슬리퍼는 히스테릭한 강아지

아빠는 죽은 심장의 태엽 장치 아기의 혓바닥을 먹은 나는

눈알을 도려낸 천사

새롭다는 기분은 꼬리에 꼬리를 물고 이상한 작용을 만들어

폭주족 천사가 되어 영혼을 마구마구 더럽히자

파프리카는 어디서 태어나서 언제 죽어 가는 것일까

저렇게 태연한 얼굴로 일요일들을 견딘 것일까
모래밭을 뒤적이다 얼굴을 든 저 개는 짖어 본 적이 있을까
평원을 내달리는 치타를 본 적도 없는 내가
달려 나간다
천사의 기도가 입 밖으로 쏟아져 나온다

우리가 우리에게 죄를 지은 자를 사하여 준 것같이 우리
죄를 사하여 주시옵고 우리를 시험에 들게 하지 마시옵고 다
만 파프리카를 구하시옵소서

지갑 두고 나왔다

엄마를 두고 나왔다
집에서 한참을 멀어진 후에야 깨달았다
손안에 들어 있어야 할 엄마 손이 보이질 않았다

봄이 온 것 같았는데 꽃이 보이질 않았고
비가 온 것 같았는데 물웅덩이가 고이질 않았다
전봇대와 전봇대 사이를 최대한 느리게 걸으며
엄마와 화분은 얼마나 다른가 하고 생각했다

소파에서 식탁으로 침대로 화장실로 화분을 자꾸 옮겨 놓
았다
시들어 버린 엄마를 어떻게든 회복하려고 했지만 화분은
죽고 말았다

엄마, 나도 엄마야
엄마가 하기 싫은 엄마야
벤치 같은 데다 흘려 놓고 깜빡한 우산처럼 시시해져 버린

집으로 발길을 돌리지 않았다
지갑 속에 넣는 걸 깜빡한 동전들이 가방 속에서 짤랑댔다
걸을 때마다 엄마, 엄마 부르는 것 같아
목이 자꾸 말랐다

세탁소에 걸린 셔츠들 사이에서 엄마 원피스를 보았다
슈퍼마켓 앞에서 식료품을 고르는 파마머리 엄마를 보았다
철물점에서 모종삽과 퇴비를 사는 엄마 손가락을 보았다

그러나 가방 속을 아무리 뒤져도 보이질 않았다
생수 한 병을 사는 나는, 결코 엄마가 아닌 나는

어, 지갑 두고 나왔다
계산대 옆에서 훌쩍 자라난 딸이 빤히 올려다보고 있었다
지금 엄마는 어디에 가 있는 거야?

자주 틀리는 맞춤법

일기 속에 오늘을 틀리게 써넣었다. 언니는 자주 모서리에 부딪힌다 나는 현명하다 골목은 흔한 배경이다 옆집 개는 죽는다 똥개야 살지마 언니야 던지지마 휘갈겨 쓴 문장들을 언니는 몰래 훔쳐 읽었다. 그리고 화를 냈다. 낮은 계단에게나, 새는 물컵에게나, 쭈그려 앉은 개에게나. 길 한복판에서 내게. 너는 왜 늘 네 멋대로니?

곧 바뀔 거라고 믿은 빨강은 멈췄다. 행인들이 그냥 건너가 버렸다. 언니가 틀렸다. 나는 운이 많은 아이니까. 셋만 세면 언니가 다시 돌아올 거니까. 나는 숫자의 비밀을 알고 있으니까. 사거리에서 언니가 뒤돌아봤다. 내가 알고 있던 언니는 없었다. 언니야 괜찮지마 언니야 도라오지마 어떻게 어떻해 멈추지마

건너편 간판엔 각종 찌게 팜니다 어름있읍니다 나으 죄를 사하여주십시요 옳바른 행동교정 이상한 글자들이 좋았다. 내 이야기가 비뚤어질수록 좋았다. 아무도 날 교정 못 하는 게 좋았다. 정답과 멀어진 내가 좋았다. 틀린 간판은 어디에

든 걸려 있고, 언제든 글자를 거꾸로 읽을 수 있으니까. 사라진 언니를 떠올리는 대신 오늘의 날씨를 읽었다.

맞춤법은 틀렸어, 기상 예보는 틀렸어, 앨리스가 틀렸어, 대통령은 모르지, 언니가 옳았지, 백과사전이 옳았지, 철학자마저 옳았지, 그러니 내가 틀렸어, 뭐가 틀렸는지 몰랐고 아무도 틀리지 않았으니까 옳았어, 틀렸으니까 모르고 모르니까 웃기고, 불가능하게 구름이 툭 떨어져 버리고, 꽉 막힌 도로에 싱크홀이 생겼다. 이제 나는 영영 틀린 사람이 되었다.

코 파기의 진수

어둠은 때론 어둠을 빨아들인다, 그건 나쁘지 않은 일이다
그녀와 나는 방과 후 교실에 남아 사물함을 후비고
먼지를 닦아 낸다

대걸레로 딱정벌레를 세게 짓눌러 버린 일, 그건 좋은 징조다
책가방들을 모아 소각장에 집어넣으니 불길이 치솟는다

언제 우리는 악마를 사로잡을 수 있었을까

코로 숨을 쉬어야 하니까 정성껏 쓸어 놔야지 하는 마음
하루에 수십 번씩 코를 풀 때마다 어서 코가 사라졌으면
하는 마음
사물함이 열릴 때마다 잿더미로 가득 채워 놓고 싶은 마음

그런 마음들이 사물함에 죽은 새를 넣어 둔다
깃털과 발톱들, 피 묻은 팬티와 불길함이 튀어나오자
담임은 사물함을 하나둘 없애 버린다

서랍 안에 얼마나 많은 반성문을 채워야 이 세계를 떠날
수 있을까

그녀는 우아하게 코딱지를 튕기며 서랍 속으로 들어갔다
나는 홀로 책상에 엎드려 코를 열심히 팠지만
친구들의 무관심 속에서 코피만 쏟아 내다니

그건 좋지 않은 일이다

가끔씩 그녀를 찾으러 콧구멍 안으로 들락날락거린다
왜 모든 사물함은 제대로 된 마음과 연결되지 않는 걸까
재채기를 할 때마다 그녀의 목소리가 들린다

손가락 하나가 콧속에서 빠져나오지 못하거나
악마의 예감이 콧속에서 마구 자라나거나
아무리 해도 찾을 수 없던 사물함 열쇠가 나온다거나

체육복을 벗을 때마다 맨살 냄새를 맡으면
어쩐지 나를 벌리고 그녀가 기어 나올 것만 같다

그건 좀 슬픈 일이다

정우신

중앙대 국문과 박사 과정 재학 중.
2016년 《현대문학》 신인추천 당선.
bigssin@hanmail.net

2016년 《현대문학》 신인추천 당선

〈안식〉 외

안식

죽은 자의 가슴 위에 석류를 올려놓았다

지상의 한 칸에서 식어 가던 그림자가 나무 그늘로 들어가 몸을 데웠다

손톱이 없는 아이들은 나무에 올라가 열매를 서로 주고받았다

빛이라는 가장 긴 못에 박혀 어둠의 심장에서 뿌리의 모양으로 말라 가는 사내

석양이 호수에 눈물을 뱉어 내면 분수는 슬픔을 동그랗게 밀어 올렸다

허공의 눈을 찢으며 날아가는 새 떼들

새의 눈이 얼굴 위로 쏟아지면 쥐가 달려와 안개의 떫은 맛을 골라냈다

숲속에서 아이들은 석류를 들고 망치질을 했다 말이 없는
두 발목을 종이로 감쌌다

죽은 나무 안에 누워 본다

뿌리는 어둠을 키우며 나를 뱉어 낸다

풀

움직이는 것은 슬픈가.
차가운 것은 움직이지 않는가.

발목은 눈보라와 함께 증발해 버린 청춘, 다리를 절룩이며 파이프를 옮겼다. 눈을 쓸고 뒤를 돌아보면 다시 눈 속에 파묻힌 다리. 자라고 있을까.

달팽이가, 어느 날 아침 운동화 앞으로 갑자기 떨어진 달팽이가 레일 위를 기어가고 있다. 갈 수 있을까. 갈 수 있을까. 다락방에서 반찬을 몰래 집어 먹다 잠든 소년의 꿈속으로. 덧댄 금속이 닳아서 살을 드러내는 현실의 기분으로.

월급을 전부 부쳤다. 온종일 걸었다. 산책을 하는 신의 풍경, 움직이는 생물이 없다. 삶을 대하는 태도가 없다. 공장으로 돌아와 무릎 크기의 눈덩이를 몇 개 만들다가 잠에 든다.

움직이지 않는 것은 슬픈가.
가만히 있는 식물은 왜 움직이는가.

밤이, 어느 작은 마을의 모든 빛을 빨아들이는 밤이 등 위에 경적을 올려놓고 천천히 기어가다 플랫폼으로. 플랫폼으로. 나를 후회스러운 표정으로 바라보는 것. 창밖으로 내리는 눈발의 패턴이 바뀐다.

간혹 달팽이 위로 바퀴가 지나가면 슬프다고 말했다.

잠들어 있는 마음이 부풀고 있다.

나를 민다.
나를 민다.

번식

미나리가 자라면
미나리를 캐러 가자 칼을 쥐고
휘두르는 기분이 좋다

언젠가는 쓸모가 있을 거야

행주를 삶으며
따뜻한 냄새를
모두 놓쳐 버렸다

물의 폭력이란 그런 것이구나

소파에 누워 창밖을 본다
어김없는 봄은
어떤 기분으로 걸어갈까

구름이 자신의 그림자에
물을 붓듯

발등이 부풀고

차분히
자라는 것

염소는 발굽에 걸린 풀을
골라내며 울고 있다

식구들

우리의 식탁에는
큰아빠와 할머니와 고모와 고모부와 사촌 형이
둘러앉아 밥을 먹고 있다

주인 없는 컨테이너 아래에는 고양이가 산다.
사람들은 먹다가 남긴 음식을 놓아두고 간다.

여러 동물들이 모여든다.

동생은 고양이를 몰래 들고 왔다가 제자리에 돌려놓는다.
여러 번 그렇게 한다.
식탁 밑이 나와 동생의 자리이듯
어떤 고양이는 밥을 먹지 않고 축 늘어져 있다.

사람들은 먹이를 던져 주며 기쁨을 느낀다.
고양이가 어둠 속으로 깊숙이 들어갈 때까지 자세를 한껏
낮추다가 간다.
한없이 귀여워하다가도 발톱을 보이면
돌로 머리를 친다.

주인이 오면 우리는 자는 척을 한다.
현관에서 늙고 아픈 냄새가 퍼져 오지만 우리는 잠바를 입

고 이불을 뒤집어쓴다.

주인은 우리가 얌전히 있는 것에 대해 즐거움을 느낀다.

이리 오렴. 이리 오렴.

그렇게 여러 번 침을 뱉는다.

나는 동생을 가방에 넣고 다른 동네를 다녀온다.

동생은 내가 담겼을 때의 기분을 느꼈는지 한참을 울다가
도 나의 머리를 쓰다듬어 준다.

고양이가 고양이를 공격하려다가 복종한다.

우리는 밤마다 오줌을 맞는다.

컨테이너에 불이 들어오기를 기도한다.

하얀 레코드

꿈의 뒤페이지들, 종이 꽃가루가 되어 휘날리고 구름으로 들어간 참새는 나오지 않는다

소녀는 숲을 돌아다녔다 머리끈을 풀어 줄기를 묶었다 그곳에 검지발가락을 넣었다 뺐다 죽어 가는 꽃을 유리컵으로 옮겨 심은 뒤 깨트렸다 선인장에 양말을 뒤집어씌워 놓고 다른 이름이 되기를 기도했다

나는 잠든 소녀의 스케치북에 굴뚝을 그려 본다 끓고 있는 눈발들, 반대편 누군가는 따듯할까 이곳을 찢어 벽난로에 넣고 싶다 오늘은 내가 사랑하는 창문 하나가 없어질 것 같다

멀리 가고 싶은 날은 침을 뱉으며 이불을 털었다 어쩔 줄 몰라 하는 얼굴로 옷가지를 들고 웃었다 색을 갖는다는 것은 따가운 일이었다 나는 소녀의 빈 다리에 누웠다 화분 받침대를 비집고 나온 뿌리들

허공이 한없이 좁다 디딜 곳이 보이지 않는다 발밑에는 눈

보라가 날지 못하는 새들을 몰고 다닌다 우리는 아래가 없으니까 떠다닐 수도 없으니까

나는 소녀의 꿈에 한 발을 내밀고 있다

김건영

1982년 광주광역시 출생.

2016년 《현대시》 신인추천작품상(하반기) 당선.

silveroil@hanmail.net

2016년 《현대시》 신인추천작품상(하반기)

〈복숭아 껍질을 먹는 저녁〉 외

복숭아 껍질을 먹는 저녁

저녁이 되면 복숭아를 깎아 껍질을 먹는다 노을은 귓속말처럼 소리를 낮춘다 나는 복숭아 껍질 알러지가 있어요 우리는 분홍 손끝으로 과육을 집어 든다 녹아들어 가는 복숭아의 본질은 어디에 있는가

접시 위에 핏물이 흐른다 입을 열고 이야기의 단단한 껍질을 벗겨 낸다 우리가 통조림처럼 단호하게 서로의 몸속을 연다면 식도에 가득 찬 분홍빛 살점을 볼 수 있을 것이다

위장 속에서 복숭아의 털이 자란다 누군가의 위장 속으로 복속된다 할지라도 껍질로 복숭아의 영역을 확보한다 입을 닫고 씹어 삼킨다 공동의 침묵은 이야기의 도화선

복숭아를 복숭아답게 하는 중심은 어디인가 완전한 복숭아에 대해서 이야기할 수 있을 때까지 기다린다 우리는 아름다운 분홍으로 나누어질 빨강색 과육을 가지고 있다 색깔을 번역하다가 무른 과육을 깨닫는다 달아오른 얼굴이 설탕을 녹이듯이, 가루가 액체가 되듯이, 피복이 벗겨진 전선처럼 무릎을 꿇고

바닥을 그러쥐면 우리의 복사뼈가 살점을 벗고 떠오른다 이야기의 표면만 이야기하면서, 복숭아를 이해하려 시도한

다 나는 진지한 이야기엔 알러지가 있어요 우리에게 한 뼘의
땅이라도 있었다면 서로의 발목을 심어 줄 수 있을 것이다

미미크리

    말은 곧 뱀으로 시작된다 눈꺼풀 위에 올라앉을 정도로 가는 뱀 다문 입술 사이를 빠져나가는 검은 바늘 창문을 닫으면 접혀지는 달빛의 선분 오래전 밑줄을 그어 놓고 한 번도 펼쳐 보지 않은 책 나의 유리창에 날아와 부서지던 돌멩이들을 생각해 나는 불을 끄고 꽉 막힌 사진 속의 얼굴을 만져 본다 잉크병처럼 닫힌 채로 공기와 만나기 전까지 몸속의 피는 검정이야 불꽃을 물고 짧아지는 도화선 내 말은 길고 어둡고 무겁다 누군가가 들어 주었으면 해

    봄이야
    밤인데 봄이야
    입을 다물었는데도 터지는 봄이야
    검은 봄이 나무를 타고 올라 목련꽃의 고개를 똑똑 분지르는 뱀이야

    손을 잡았는데 가시가 만져진다 나의 체액은 이런 곳에서 온다 이를테면 손톱이 계속 자라는 것 그 밑에 낀 먹구름들 내가 나를 흉내 내는 동안, 장미의 줄기에 달라붙어 소리를

빨아 먹는 잿빛 거머리에 관한 이야기 나는 혼자 허물을 벗
고 떠났는데 거기에 네가 있다 그리고 다시 우체통에서 태어
닌 수채부치럼 긴가에 피를 한 방울씩 흘리고 소실점으로 떠
나는 뱀의 뒷모습으로 문장은 끝난다

부르튼 숲

　식탁 앞에 누군가 있다 곰팡이처럼 얌전하게 접시에 앉아서 손을 흔든다 너무 커다래서 보이지 않는 사람이 있다 송곳니를 드러내고 웃는 사람도 있다 우리는 군체입니다 우리의 이름들은 중요하지 않습니다 그저 부르튼 숲으로만 불러주세요 우리는 모두 죽었지만 이렇게 접시 위에 있겠습니다 아직 뜨겁습니다 한때 우리는 누군가의 시금치이자 케일이었습니다 훌륭하게 바스락거리는 잎을 지니고 있었습니다 부글거리지 않겠습니다 우리는 멀고 먼 곳에서 모여든 숲

　합창을 할 수도 있습니다 우리는 중력 앞에서 경건합니다 접시 위에 엎드린 우리를 보세요 우리는 선합니다 사람들은 우리 앞에서 기도한다 자 이제 더욱 더 선량한 입김으로

　우리의 부러진 육체를 휘젓고 녹아내린 영혼을 씹어 삼켜주세요 우리가 당신이 되겠으니 당신의 허기를 먹고 우리의 모든 맛으로 스미겠으니

수의 바다

창밖에 거꾸로 나무가 자란다
여기는 지하인데 창문과 더 아래로 내려가는 계단이 있다
순, 가지 끝에 어린 냄새를 맡았던 밤이었다
밤에 섞여 있던 아이들이 웃었다
나뭇가지가 잠시 흔들렸다
좋은 일이다
아이들이 다시 웃었다
좋은 일이다
이후의 아이들이 운다 내내
방풍림을 만들면서
창문 밖으로 아스팔트가 흘러내리고 있다

밀물이라는 비밀을 창문이 삼키고 있다
내장도 없으면서
창문은 약속이니까
깨지지 말자
혈액이 피부 바깥에서 순환하고 있다면
우리는 많은 거짓말을 이해할 수 있었을까

안쪽에서 창문을 두드려야 하는 일이 일어나지 않도록
넘어가지 말자
창문 앞에 서면 누구나 상반신이 된다
반만 남은 사람이 하염없이 창밖을 바라보는 것은
하반신을 기다리는 일
여기 있는지도 모르고
선 채로 나무가 될 수 있다
공기를
만들 수 있을 거라고

밤새도록 새들이 새순을 따 먹고 사라지면
순, 아침에 남겨진 아이들은 더욱 날카로워진다

　검은 비닐봉지에 본드를 짜 넣었지 우리는 형제야 가족이
야 내장처럼 뜨겁게 구겨진 채로 방을 채워 나갔지 모든 것
이 숫자로 환산될 수 있다니 멋지지 않니 공기 중에 사람이
있다니 뜨겁거나 차갑게 가족이 유지되는 시간

밤이 자라는 광경을 본 적 있다
폐유가 끈적하게 사방에 달라붙는 거
그릇된 사람은 그런 걸 볼 수 있다
나무가 자라지 않도록 허공에 길을 눌러 담으면서
종이에 숫자들을 기입하면서

야구
─사전蛇傳 9

왜 난 조그만 일에만 붕괴하는가

그러나

나는 시선을 던지는 투수 봄을 던지는 투수

마침내 모든 것을 포기하고 다시 나를 던졌을 때 무심히 나를 쳐 내는 타자 나는 사실 이기고 싶지도 지고 싶지도 않습니다 몸과 마음을 모두 던져 버렸다 포기도 던져 버렸다 공격의 반대는 수비가 아니라 피격입니다 아무것도 던지지 않는다면 얻어맞지는 않을 테다 자포자기면 백전불태 게임은 그런 거 아닙니까 입을 벌린 사냥개의 붉은 혀처럼 해는 떠오르고 그 속에서 탐욕스러운 해炙가 나의 시선을 잡아당긴다 나는 신의 아침 식사처럼 일어나서 씻는다

마운드 아래는 절벽 강철의 마인드로 십 점 만점에 실점 이것은 무엇을 수치화합니까 누가 나 대신 점수를 벌어 주었으면 좋겠다 아무도 나의 공炙을 받아 주지 않는다 나의 수치는 이 세상이다 한 번도 공격할 기회를 주지 않는 세상이다

타자는 지옥이다

어째서 방망이를 들고 있습니까 왜 나를 노려봅니까 선생

이든 후생이든 모두 나를 때리려 합니까 더 어려운 말로 나를 어지럽혀 주세요 떼려야 뗄 수 없는 어둠이 눈꺼풀 안쪽에 붙어 있습니다 무언가 번찍이며 돋아다닌다 위장 속의 나비가 홧홧하게 불을 켜고 날갯짓을 할 때마다 손끝은 떨린다 신은 이럴 때만 귓속에서 이죽거리지 모든 신은 그래서 귀신이라지

청춘의 포주

홈에서 출발해서 겨우 홈으로 돌아오기 위하여 뛰어야 하다니 1루, 2루, 3루, 주자는 취해서 집에 돌아온다 파울 볼처럼 떠오른 달 연장전을 진행하면 시간 외 근무 수당이 나옵니까 이번 생은 모두 전생에 따른 잔업이다 지구에서 퇴근하고 싶다 나는 또 하루를 던졌다 실패는 언제나 새롭다 그러므로 우리는 같은 경기를 일으킨 적이 없다 저 달이 떨어지면 게임은 끝나겠지 매번 달은 다시 떠오르고 신은 다정한 말투로 화대를 요구한다 득점은 없고 통점만 주면서

미녀와 외야수

장자는 숲속의 공주 던져진 공은 혼곤한 나비처럼 날아갔다

홈런

이제 나는 아무런 달리기도 하지 않을 거야

다 상관없는 일이다

미녀와 외야수처럼 멀다

그레고르 잠자는 습속의 군주에게 죽임을 당했다

다 상관없는 일이다 홈런 집이 날아간다 가족 같은 일이다

한밤중 놀이터에서 떠도는 들개가 있다, 나에게 야구_{夜狗}는 그런 의미다

뼈아픈 9회

슬프다

내가 던진 자리마다

모두 폐허다

삶은 던져도 돌아오겠지 싸구려 야광별처럼 천정에 달라붙어 있다 신은, 야음을 틈타 입을 벌린 스코어보드 나는 이것을 위해 청춘을 던졌습니다만 노카운트, 어째서 공을 던지면서 춤을 추면 안 됩니까 꿈속의 관객들은 모두 돌아가고 혼자서

겪는 연장전 포크를 던지고 파스타를 던지고 고함을 던지고
애인을 던지고 글-러브를 던지고 게임을 던져도 끝나지 않던
니의 시런투구 세기맘 투아웃 더러운 몸통에 열기만 꼬이고

청춘 불펜
꿈은 아직도 나를 연습하는 중
연습장을 열심히 달려 봐도 아무도 나를 꺼내 주지 않는다
불 꺼진 새벽 꿈에서 일어나 눈을 비비면 끝과 시작이 서
로 옷을 바꿔 입고 있다
나는 눈에 불을 켜고 말한다

라면이 분다
살아 봐야겠다

김민

1962년 강원도 원주에서 태어나 홍천에서 자람.

오랫동안 기자 생활을 했으며, 2016년 《현대시학》 신인상(상반기)에 당선되어 작품 활동을 시작했음.

sbn111@hanmail.net

2016년 《현대시학》 신인상(상반기)

〈국도〉 외

국도

겨울바람은 특히, 국도에서는 가공할 만하다. 건달 노릇을 하다 전봇대가 된 사내가 있다. 바람 때문에 곁눈질을 했는데 사시가 된 경험이 있다고 했다. 바람은 국도에서 분다. 취한 오 톤 트럭은 국도에서는 세렝게티의 하이에나다. 겁에 질린 사내는, 살으로 바람이 들고, 내장의 단물이 금계랍처럼 변한 것도 그 때문이라고 했다.

꿈에서 본 무늬만 궁전인 꿈의 궁전은, 시골 부동산 업자의 손에 도매금으로 넘어갔는데 사내의 살을 비벼 주던 그 살도 그날 국도로 나앉았다. 건달 노릇을 하다 전봇대가 된 사내는 소문이 파다하다. 산을 넘어 달아난 국도에 두런두런 소문이 자랐는데, 십일월이었다.

남은 정액으로 시위를 하다가 불임 판정을 받고 돌아온 날, 처녀들의 수다가 국도에 거미줄처럼 걸렸다. 공사판으로 변한 국도에서, 건달 노릇을 하다 전봇대가 된 사내는 또 곁눈질을 했다. 일렬종대로 도열한 건달들의 손에는 곡괭이가 들려 있고 내 집 하나 박살 나는 건 일도 아니었다. 그건 괜찮은

데, 길을 잃은 게 문제였다.

악마에 대하여

물고기들이 기침을 한 건 자연스런 일이었다. 동틀 무렵이었다. 입술은 소문을 구걸했는데 소문이어서 괜찮았다. 부모들이 소녀들을 배웅할 때면 소년들이 훔쳐보더니, 소문대로 촛대가 구경한 셈 치면 되는 일이었다.

그제야 커서가 숲을 인쇄했는데 A4 용지에는 식탁과 양푼이 그려졌다. 양푼에는 방울토마토와 으깬 감자가 담겨 있었고 바닥은 주스 찌꺼기가 더께 져 있었다. 몽정을 배운 소녀들이 숲에서 발견한 거였다. 무덤 옆에서 바랭이가 웅웅 소리를 냈는데, 그 바람에 새벽안개가 산을 넘은 거라고 했다. 월식이 중늙은이의 등을 위로했으며, 폭포에서 멱을 감던 처녀가 사산했다는 소문은 거짓인지 몰랐다. 꽃들은 습기를 물고해를 기다렸다. 새벽이 승천하고 있을 때였다.
　사실이었다.

　숲에서 멱을 감던 처녀들이 수태를 한 것도
　어미들의 비명이 숲을 갈랐는데, 걸음을 멈춘 도마뱀이 그
　소리를 들었다. 달바라기를 하던 조선 남자는 도마뱀으로

식사를 하곤 큰 입으로 트림을 했다. 식탁이 비릿했다. 마루에는 묘비가 세워졌다. 새벽이었다.

숲으로 가는 소녀들의 행렬이 안개 속으로 보였다. 거리에서는 솟대들이 구경을 했다. 할멈이 집 앞에서 곡을 했는데 또한 새벽이었다. 나는 전령처럼 달려가 그 소식을 알렸다. 허기가 밀려왔다.
아침 식사로 하얀 국수를 해 먹었다.

　　　　내 목숨이 질겨졌다.

깃발

몽상 뒤였다. 밤사이 섞인 몸에선 뼈가 맞춰지고 살집이 되살아났다. 창가에서 본 거리는 텅 비어 알몸이었다. 하루를 산 폐는 호흡을 거부하더니 명상을 시작했다. 눈 쌓인 거리는 태초와 흡사했고 사람들의 목소리가 거리로 퍼져 나갔다. 전진하는 동안 가슴이 심하게 떨렸다.

토막잠은 긴 의자를 연상시켰다. 폭설이 멈추자 구름 사이로 해가 보였다. 배고픈 참새들은 향나무 잎을 쪼아 먹었다. 참새에 대해 말하는 사람은 없었다. 골목에는 깃대가 가득했고 의미는 사라지고 형체만 기억했다.

해가 드는 숲에서 남몰래 깃발을 만들었는데 깃발은 익명으로 나부꼈다. 깃발을 만드는 방법은 간단했다. 사람들은 가슴을 가린 채 깃발을 흔들었다. 깃발의 생애가 편년체로 기록됐다. 나는 거리로 달려 나갔다. 커피를 마시며 깃발을 복종시켰는데, 그만하면 몽상의 대가로는 충분했다.

목구멍 깊숙이

늦은 저녁을 먹으면서 나는 목구멍에 대해 생각했다. 그러다 목구멍은 생각을 하는 곳이 아니라 처넣는 곳이지, 라는 생각을 하다가 애달픈 목구멍, 이라고 말했다. 목구멍은 그렇게 매일 뭔가를 처넣었는데, 나는 기억하지 못했다. 목구멍은 무엇이든 기억하는 법이 없었다. 흑미가 섞인 밥알과 프라이팬에 구운 스팸을 처넣는 동안 목구멍의 일상이 잠시 슬퍼졌을 뿐. 귓구멍을 막고 가만히 하늘을 보면서 나는, 구멍에 대한 여러 기억들을 추억했다. 시간이 새털구름처럼 떠도는 동안, 나는 결코 우연히 살아남지는 않겠다는 다짐을 해 보는 것이었다.

가구를 위한 라이브

나는 한때 가구였다. 거실은 하품이 용인되지 않는다. 책장 속의 허무주의와 자유주의는 나와 무관하다. 묵언과 칼처럼 파고드는 침묵을 우울하게 실감할 뿐, 내 집은 나를 가두고 책장은 나를 세뇌시키는데, 내 사전에 저항은 존재하지 않는다. 나는 가구처럼 트림을 하며, 트림은 내가 할 수 있는 존재의 무기력한 확인일 뿐 그것이 나를, 다시 거리로 내몰 것이다. 그때 너는 의심하지 말기를, 머지않아 거리에서 불타는 가구를 목격하게 될 테니. 내가 나를 태워 재생되는 생생한 현장을 나는 라이브로 들려줄 테다. 다시는 개처럼 짖지 못하도록 다시는 소처럼 하품하지 않는 역사를 디자인할 것이다. 나의 카메라가 들려주는 라이브는 쇼가 아니다. 익명의 거리에서, 불타는 가구의 현장을 라이브로 송신하는 동안, 너는 소파에 누워 비로소 너의 눈을 의심하게 될 테니. 그제야 나는 너를 비웃으며 너를 폐기 처분할 것이다.

신성희

/

경북 안동 출생.
2016년 《현대시학》 신인상(상반기) 당선.
cally033@naver.com

2016년 《현대시학》 신인상(상반기)

〈버찌를 밟는 계절〉 외

버찌를 밟는 계절

　오전에 외출하지 못했죠 시계를 물고 잠에 빠지곤 하죠 버찌들이 터지고 오전은 갇혀 있어요 커튼에 고이는 잠이죠 버찌의 그늘이 터지고 버찌가 숨죠

　나는 파란 버찌와 사랑에 빠졌죠 이불이 지독한 그늘이라는 것을 알았어요 밤이 물렁해지도록 우리는 침대를 끌고 다녔어요 바람이 상하는 소리 빗방울이 싹 트는 소리 남겨진 소리들이 내 귀를 찾는 거예요

　이상한 소리들을 흔들어 보았어요 아파트 벽 속에서 벽들이 싸우는 소리도 들리는 거예요 벽을 쾅쾅 차 보아도 벽은 여전히 벽 속에 있고 매일 그들을 들어야 했어요

　익지 않은 버찌들을 흔들었어요 벽지에 달이 뜨고 해 지면 새가 울었죠 그렇게 그들과 살았어요 내가 그렁그렁한 그림자를 거느렸던 시절 오늘도 여자들은 버찌를 밟고 외출하고, 나는 여전히 터지지 않는 잠이 입에 가득해요

검은 뿔산

저것은 나의 뿔일 것이다

감출 수 없는 미음이
어디로도 나지 않는 길을
찾으며 내 뿔이 저기로
걸어갔을 것이다

벗어 놓았던 내 피부들이
서로에게 기대고 기대어
뾰족해졌다

갇혀 있던 소리들이 시끄럽게
검어졌을 것이다
꽃 하나 자라지 못하게 딱딱해졌을 것이다

거대한 몸집을 감추며 밤에만 걸어갔을 것이다
터져 나오는 울음을 억누르며
조금씩 조금씩 서쪽으로 융기했을 것이다

검은 뿔로 천천히 솟아났을 것이다

뿔을 잃은 사람들은
서로에게 기대어
한 번도
본 적 없는
뿔이 된다

말복

얼굴을 찢으며

뛰어내리고 있었다

그토록 큰 소리를 낸 적은 없었다

일어날 일들은 모두 일어났어요

개의 목을 바꾸어 주는 놀이,

식칼이 꽂히면

사납게 울던 대문이 조용해지고

비밀을 물고 있는 입이 벌어진다

혼자인 얼굴이 허전하게 놓여 있었다

목을 찾고 있었다

내 목을 노려보고 있었다

개를 잡던 사내가

나를 향해 칼로 공중을 갈랐다

내가 사랑하는 개의 목이

축 늘어진 개의 시간이

가장 부러운 적이 있었다

불타는 집

새빨간 개 한 마리
튀어나온다

누군가 전화선을 끊어 놓았다

열리지 않는 문 속에서
괘종시계가 시럽처럼 녹아내린다
당신과 당신과 당신은 가장 좋은 땔감이다

(왼쪽 뺨이 타는 냄새)

늑대 이빨 같은 별들이
밤하늘을 마구 물어뜯는다

야광귀*

노인이 죽었을 때 나는 웃었다

벌레를 씹던 노인은
항아리 안에 숨어 있는 나를 찾아 소리 없이 걸었다
숨을 참으면 내 몸이 불어났다
독의 머리카락이 자라났다
노인은 계속
살아 있었다
죽지 않는 그 입이
아침마다 신탁을 주었다
야광귀가 찾아올 것이다
신발이 오그라들었다
머리카락을 태워 마당에 뿌렸다
오늘 밤 너의 신발이 사라질 것이다

야광귀
뼈대만 남은 몸이
흔들흔들 웃으며 내게로 다가왔다

나의 눈썹이 몽땅 빠지고

노인이 덜렁거리는 잇몸으로 고기를 씹었다

내 살 같은 개를 씹고 또 씹는다

신발 같은 뼈들이 마루 밑에 쌓여 갔다

* 정월 초하루나 정월 대보름을 전후해서 인가에 내려와 사람들의 신발을 신고 간다는 귀신

김유림

1991년 출생.

2016년 《현대시학》 신인상(하반기) 당선.

flowingchara@naver.com

2016년 《현대시학》 신인상(하반기)

〈K씨 이는 가지런해요〉 외

K씨 이는 가지런해요

K씨 이는 가지런해요 물통에 물을 반만 채우면 배까지 출
렁거린다던 K씨 유명 메이커 할인 매장에 들어갔다 나오면
서 우는 K씨 이는 가지런해요 주유소 초록색 바닥에 흰 페인
트가 흩뿌려져 있는 거예요 외로워, K씨는 가지런해요 편의
점 파라솔은 반의반만 파라솔이다 그렇게 말하면서 밤중의
은행은 ATM 코너 덕분에 빛난다 그렇게 말하면서 K씨 이는
가지런해요 엄마랑 딸 사이 아닌 두 여자가 왼발 오른발 왼발
오른발 맞춰 가며 걸어가고 있어요 우리도 왼발 오른발 왼발
오른발 맞춰 가며 좋을 수 있잖아요 검은 후드를 뒤집어쓴 소
년들 셋이 막다른 골목에서 튀어나오면 나는, 괜히 브라자 안
입은 가슴팍을 긁적거렸어요 K씨는, 그것도 모르고 가지런해
요 외로워, K씨는 나랑 걸었으면서 배까지 출렁거린다고 했
어요 이제 걔가 튀어나오면 나 몰라라 만질 가슴도 바닥났고
듣고 있어요? 철렁, 해도 K씨 이가 가지런해요 나는 믿어요

머저리
– 숲에서 보내온 편지

　내가 머저리면 너는 머저리보다 더 머저리 내 손금에서 읽어 낸 운수보다 읽어 내지 못한 나를 믿는 머저리 너는 이런 시는 쓰지 말라고 했다 스스로를 머저리라고 부르는 나보다 머저리라는 시의 잘못을 읽어 내는 너는 머저리 손을 맡기고 손목을 자르겠어 너는 칼을 삼켰다 그때부터 너는 칼 같은 말만 내뱉는 머저리보다 더 머저리가 되었지 이봐, 숲에는 가본 적도 없다는 머저리야 이 머저리가 백조의 숲에 대해 이야기해 주지 머저리는 두 귀를 막고 눈물을 흘렸다 머저리는 일단 가면 그만이라는 머저리는 가 버리면 돌아오질 못할 미래는 과거나 다름없다고 여겼고 그래, 너는 그런 머저리보다 더 머저리 귀를 막고 눈물을 흘리는 머저리 옆에 나 머저리는 뭉툭한 도끼날에 쓰러진 나무줄기 옆의 밑동처럼 앉아 있다 불편한 걸, 너는 귀도 막고 입도 다물고 눈물만 줄줄 새고 있으니 머저리야 머저리야 그러니까 내가 머저리면 너는 더 머저리라고 내 눈에서 읽어 낸 불행보다 읽어 내지 못한 불행에 미안해하는 너는 몸을 아낄 줄도 모르고 줄줄 다 써 버리네 한 번 자른 손목은 두 번 자르기 쉬웠네 나는 쓰네 어떻게 해서 머저리는 쓰러져서도 날 서 있었는지를

방

언제까지 꿈꿀 수 있을까
방이 식빵처럼 부풀고 있었다

하얀 새가
창을 통해
들어와
팽창했다

우리는
익어 가는
식빵을
먹으며
거대해지는
새처럼
팽창하는
방
흰
방

나는 새를 데리고 방을 빠져나왔다

네가 뒤척인다

모자

모자는 기억했다 네가 씌워 준 모자가
해풍에 날아갔다

돌아오지 않았다

그런 날들이 돌아오지 않았던 것을
모자가 기억했다

무서운 이야기

시계가 머리 위에서 흔들렸다 극적인 장면 연출을 위해 그는
조금 더 높은 의자에 앉아 있다
공포는 그런 높이에서 오는 게 아닌데
우리는 줄줄이 그를 둘러싸고
열두 시라고 그가
시계를 열두 번 좌우로 흔들었는데
나는 졸렸다
이런 유치한 설정이
조명이 하나둘 켜져 있고
나는 졸리다 눈을 감았다가
눈이 붙어 버린 이야기 아니
옆 사람이 친구도 아니면서
말을 걸었다 저 아세요
물어보고 싶었는데 모른다고 할 게 뻔하니까
조금 자야겠어 눈을 감았다
이런 이런, 그가 가운데서 혀를 찼다
조명이 하나 둘 두 개나 꺼졌군요
나는 그렇다, 조금은 소름이 돋았고

2017 문예지
신인상 공모 현황

본 정보는 해당 문예지의 사정에 의해 바뀔 수도 있습니다. 응모 전에 홈페이지 등을 통해 정확한 정보를 확인하시기 바랍니다.

〈2017 금호·문예중앙 신인문학상〉

- 시 10편 이상
- 마감일 : 2017년 1월 15일(마감일자 소인까지 유효)
- 수상작은 《문예중앙》 2017년 봄호에 발표
- 겉봉투에 '신인문학상 응모작'과 '응모 부문'을 명기
- (04517) 서울시 중구 통일로 92 에이스타워 중앙일보플러스 문예중앙 편집부

〈문학과사회 신인문학상〉

- 시 10편 이상
- 마감일 : 2017년 3월 31일(마감일자 소인까지 유효)
- 수상작은 《문학과사회》 여름호에 발표
- 겉봉투에 '문학과사회 신인문학상 응모작'을 명기
- 이름, 전화번호, 주소는 반드시 원고와 분리된 별지에 기재
- (04034) 서울시 마포구 잔다리로 7길 18 ㈜문학과지성사 〈문학과사회 신인문학상〉 담당자 앞

〈문학동네 신인상〉

- 시 5편
- 마감일 : 2017년 6월 20일(마감일자 소인까지 접수)
- 수상작은 《문학동네》 2017년 가을호에 발표
- '홈페이지(www.munhak.com) → COMMUNITY → 공모전 → 문학동네 신인상'으로 들어가 신청서를 다운로드하여 작성한 후 응모 작품과 함께 발송
- (10881) 경기도 파주시 회동길 210 ㈜문학동네 4층 국내1팀

〈문학사상 신인문학상〉

- 시 10편
- 마감일 : 2017년 7월 31일(마감일이 공휴일인 경우 익일 소인 유효)
- 수상작은 《문학사상》 10월호에 발표
- 겉봉투에 '신인문학상 응모작품'과 '응모 부문' 명기
- 원고의 앞뒤에만 연락처를 쓰고, 간단한 자기 소개서를 첨부
- 접수는 출력된 A4 용지로 우편으로 제출
- (05720) 서울시 중대로 38길 17 ㈜문학사상 신인문학상 담당자 앞

〈시로여는세상 신인상〉

- 시 10편
- 마감일 : 전반기 2017년 1월 15일, 후반기 7월 15일
- 수상작은 전반기는 《시로여는세상》 봄호, 후반기는 가을호에 발표
- 이메일로만 접수
- 하나의 한글 파일 안에 10편 이상 수록
- 원고 표지에 이름, 주소, 전화번호 기재
- 2002poem@hanmail.net 시로여는세상 편집실

〈시와반시 신인상〉
- 시 10편 이상
- 마감일 : 상반기 2017년 1월 20일,
  하반기 7월 20일
- 수상작은 상반기는 《시와반시》 봄호, 하반기는
  가을호에 발표
- (42190) 대구시 수성구 지산로 14길 83,
  101-2408호 시와반시사

〈실천문학 신인상〉
- 시 10편
- 마감일 : 2017년 5월 31일(당일기 우편 소인 유효)
- 수상작은 9월에 발표
- 겉봉에 '실천문학 신인상 응모작품' 표기
- 원고 뒤에 이름, 주소, 전화번호 기재
- (02852) 서울시 성북구 보문로 82-3 통광빌딩
  801호

〈21세기문학 신인상〉
- 폐지

〈창비 신인문학상〉
- 시 5~10편
- 마감일 : 2017년 5월 31일(마감일 소인 유효)
- 수상작은 2017년 8월에 홈페이지 공지, 계간
  《창작과비평》 가을호에 게재
- 겉봉에 응모 분야 명기
- 원고에 성명, 주소, 전화번호, 이메일 주소를 기재
- (04004) 서울시 마포구 월드컵로 12길 7 창비
  서교빌딩 2층 계간지 출판부

〈현대문학 신인추천〉
- 시 10편
- 마감일 : 2017년 3월 31일(마감일자 소인 유효)
- 수상작은 《현대문학》 6월호에 발표
- 겉봉투에 '신인추천작품 응모작' 명기
- 작품 앞에 별지를 붙여 이름, 전화번호 명기
- (06532) 서울시 서초구 신반포로 321 미래엔
  5층 현대문학 편집부

〈현대시 신인추천작품상〉
- 시 10편 이상
- 마감일 ; 상반기 2017년 3월 1일,
  하반기 9월 1일
- 수상작은 상반기는 《현대시》 4월호, 하반기는
  10월호에 발표
- 겉봉에 〈신인추천작품상〉 명기
- 원고 끝에 주소와 전화번호, 필명은 본명으로
  기재
- 간단한 자기 소개서 혹은 이력서 첨부
- (03678) 서울시 서대문구 증가로 31길 39
  동화빌라 202호 월간 현대시 편집부

〈현대시학 신인상〉
- 시 10편
- 마감일 : 2017년 9월 20일
- 수상작은 《현대시학》 11월호에 발표
- (04159) 서울시 마포구 대흥로 14길 21 1호
  현대시학사

2 0 1 6
**문 예 지
신 인 상**
당선 시집

초판 1쇄 인쇄 2017년 3월 7일
초판 1쇄 발행 2017년 3월 14일

지은이 강혜빈 권현지 김건영 김민 김유림 김은지 김정진 류진
　　　　문희정 배진우 서춘희 신성희 이필 정우신 한연희

펴낸이 박세현
펴낸곳 서랍의날씨

기획위원 김근 · 이영주
편집 김종훈 · 이선희 · 이단비
디자인 강진영
영업 전창열

주소 (우)03966 서울시 마포구 성산로 144 교홍빌딩 305호
전화 070-8821-4312 | **팩스** 02-6008-4318
이메일 fandombooks@naver.com
블로그 http://blog.naver.com/fandombooks

등록번호 제25100-2010-154호

ISBN 979-11-86404-92-8 03810